光文社文庫

長編時代小説

恋小袖

牙小次郎無頼剣（六）

決定版

和久田正明

光　文　社

目次

主な登場人物

牙小次郎《きばこじろう》　纏《まとい》屋の石田《いしだ》の家に居候する浪人。実の名は正親町高熙《おおぎまちたかひろ》。父は、今上天皇の外祖父にあたる。

小夏《こなつ》　夫の三代目石田治郎右衛門《じろうえもん》が亡くなった後も石田の家を支える女将。

三郎三《さぶろうざ》　駆け出しの岡っ引き。

田ノ内伊織《たのうちいおり》　南町奉行所 定町廻り《じょうまちまわ》同心。

第一章 嗤《わら》う死神

一

突如、布団からはね起きるや、男は素っ裸のまま膝で這《は》って猫足膳《ねこあしぜん》の所まで行き、皿に残った蛸《たこ》のブツ切りを、手づかみで山葵醤油《わさびじょうゆ》をつけて食らい始めた。

「うめえ」

ひとり感嘆の声を上げて徳利に口をつけ、冷めた酒を飲んで、また下品に噛《か》み音をさせて蛸を食らう。

そうしながら男の目は、布団にうつ伏せになった女体を露骨に眺め廻した。ぷるんと突き出た形のよい尻が、行燈《あんどん》のうす明りに煽情的《せんじょうてき》に照らしだされている。

女もやはり全裸だが、病的に白い肌の持ち主で、三日月《みかづき》のような細長い顔半分を枕に伏せ、目を閉じて唇を半開きにし、情交後の空ろをなんとはなしにたゆとうている。

男は丈吉《じょうきち》といい、月代《さかやき》を伸ばしたいなせな若い衆だ。二十の半ばと思えるが、陰惨に削がれたその頰には老成したかのような翳《かげ》りが見られ、人並以上の辛酸《しんさん》でも舐《な》めさせられたのか、あるいは地獄でも見てきたのか、いずれにしても堅気の人間とは思えず、むしろこの男はまだ若いのにどこか死神のように見えるのだ。

女体を淫らな目で眺めるうち、丈吉はまた催してきたらしく、酒を口に含んで女へ這って行き、その躰《からだ》を仰向かせて強引に被《かぶ》さり、口移しに酒を飲ませた。

かぶりをふって嫌がる女にさらに挑み、手込めにでもするように乱暴に媾《まぐわ》おうとする。

「またかえ、もういい加減にしておくれな」

うんざりした声で嫌がる女はお房《ふさ》といい、これは三十を出たばかりの女盛りの後家である。子を生《な》していないせいか、躰の線は崩れておらず、娘のように若々しいのだが、荒淫《はげ》祟《たた》って目の下に隈《くま》ができている。

丈吉が烈しく腰を使い始めると、拒んでいたはずの女体がまたそれに応え、喘《あえ》ぎ声がよがり声に変わってきた。汗に濡れた鬢《びん》のほつれが頰に張りついて、ぞっとするほど艶《なま》めかしい。

ところが——。

お房の顔が不意に白けて訝《いぶか》った。

丈吉が萎《な》えたのである。

お房が目を開けて見やると、丈吉はすでに心ここにあらずの様子で、表情を引き締めて耳を欹《そばだ》てている。

「おまえ……」

言いかけるお房の口を手で塞《ふさ》ぎ、丈吉は女体からすばやく下り、手早く下帯をつけて着物をまとい、帯を締めた。そしてそこいらに放ってあった匕首《あいくち》を取ってふところに呑んだ。

行燈に屈んで灯を吹き消す時、丈吉はギロリとお房を見たが、もうその顔は今まで違う人でなしのものになっていた。

そのまま、丈吉はそろりと隣室へ消える。

何がなんだかわからず、お房が半身を起こして身繕《みづくろ》いを始めた時、いきなり荒々しい足音がし、格子戸を乱暴に開けて三人の男の影がなだれ込んで来た。

「御用だ、神妙にしろ」

一人が吠《ほ》えた。

「ひいっ」

お房の悲鳴が上がり、真っ暗ななかで徳利や皿のひっくり返る派手な音がし、火《ひ》鉢《ばち》から朦々《もうもう》と灰神楽《はいかぐら》も上がる。

次いで男の一人が「ぐわっ」と叫んだ。唐紙《からかみ》越しに匕首で背中を突き刺されたのだ。残った二人の男は恐慌をきたした。「いるぞ、まだ家のなかにいるぞ」と怒鳴る声がし、もう一人が「くそったれ、どこだ」と言って十手《じって》をふり廻した。その男も次には匕首で脳天をかち割られ、血達磨《ちだるま》となって転げ廻った。

残された一人は武士で、張り詰めた形相《ぎょうそう》になって刀を抜いて身構えた。

その背後にぬっと音もなく忍び寄った丈吉が、すかさず匕首で男の盆《ぼん》の窪《くぼ》を深々と刺し貫いた。

「うぐっ」

武士が呻《うめ》いて倒れるのと同時に、お房は丈吉の本当の姿を、青白い月明りに見てしまった。それはまさに死神の顔であり、鬼気迫る形相であった。

蒼白で後ずさり、お房が必死で逃走を図った。

こけつまろびつ玄関に辿《たど》り着き、表へ転げ出て助けを求めながら走った。家を出るとすぐ前は大川《おおかわ》で、その河岸《かし》沿いにお房は金切り声をあげて泣き叫びながら夢中で走った。

丈吉の黒い影が猛然と追って来て、お房に近づくや、その背中に体当たりをした。

「ああっ」

悲痛な叫び声を夜空に残し、お房は大川へ落下して行った。

二

広い土間に莚《むしろ》が敷かれ、その上に四つの死骸が並べられていた。

南の定町廻り《じょうまちまわ》同心田ノ内伊織《たのうちいおり》が、牙小次郎《きばこじろう》と共にやって来ると、やりきれないような深い溜息をつき、小次郎に無言で累々《るいるい》たる死骸を目顔でこなした。

小次郎は慄然《りつぜん》となり、やはり黙って死骸を見ている。

この男、歳は三十前後か、濃紫《こむらさき》の小袖を粋に着こなし、黒漆《くろうるし》の刀の一本差である。そして眉目《びもく》あくまで優れ、彫りの深い顔立ちに鼻梁《びりょう》高く、抜きん出た長身に細身の躰つきをしている。また眼光鋭く、どこか悲しげな深沈《しんちん》とした色を湛《たた》えてもいる。髷《まげ》が少し変わっていて、総髪に結い、後ろを垂れ髪にして縛《しば》りつけている。

それがどこか女っぽいようにも見える。

牙小次郎とは世を忍ぶ仮の名で、四年前より江戸に住みついた浪人者の風来坊なのである。

出生は山城国《やましろのくに》辺りらしいが、はっきりしたことは誰も知らないし、また彼もあえてそのことを語ろうとはしない。その雅《みやび》な雰囲気と余人を寄せつけぬ高貴な佇《たたず》まいは、何やら謎めいていて、そこいらにいる尾羽打ち枯《おはうちか》らした浪人たちとは明らかに一線を画している。

しかも彼は謎に満ちた風来坊でいながら、町娘たちが騒ぐような美男ぶりなので、彼が江戸に流れ着いた頃は江戸っ子たちを大いに戸惑わせたものだった。

一方の田ノ内の方は、鶴《つる》のように痩せた老同心で、頭髪がすっかり失われ、申し訳のような細い髷を結っている。ふだんは温和な人となりで好々爺《こうこうや》なのだが、いざ捕物になるとその顔つきはさすがに厳しいものに変わっている。

そこは本所相生町《ほんじょあいおいちょう》一丁目の北、松坂町《まつざかちょう》一丁目の西にある本所回向院《えこういん》の斎場である。

今から百五十年以上昔の明暦《めいれき》三年（一六五七）に、焼死者十一万人弱を出した大火があり、それをとむらうために塚を築き、寺院を建立《こんりゅう》したのが諸宗山無縁寺《しょしゅうざんむえんじ》回向院の始まりである。以来、ここは横死や変死、無縁仏、行き倒れなどの死骸を一手に引き取る寺となっている。ゆえに奉行所とも密接な関係にあった。

田ノ内は若い同心の死骸を、まずは小次郎に指し示し、

「南の定廻《じょうまわ》り、岡田勝四郎《おかだかつしろう》。隣りが抱えの岡っ引きで万兵衛《まんべえ》、その向こうが下っ引きの彦六《ひころく》という」

説明をしてゆき、さらに四番目の死骸のお房を指して、

「この女はお房と申し、瀬戸物屋の亭主に死なれたばかりの後家であった。三十一に相なり、子はなく、親類も葛飾在《かつしかざい》と遠く、南本所横網町《よこあみちょう》に一軒構えて住んでいた」

小次郎も一人一人の死骸を見て廻り、

「男三人は刃物でやられている。しかし田ノ内殿、女だけには外傷がありませんな」

「百本杭《ひゃっぽんぐい》にひっかかっていたが身投げではない。お房が助けてくれと悲鳴を上げていたのを、近くの屋台にいた何人かが聞いている。恐らく下手人《げしゅにん》に追われ、大川へ突き落とされたものと思われる」

「何人ですかな、下手人は」

「一人だ」

「素性は」

「いや、まだ何もわかっておらんのだよ、牙殿。わかっていることは――」

そこで田ノ内は「どっこらしょっ」と言いながら上がり框《かまち》に腰を下ろし、

「下手人と思《おぼ》しき男とお房とはねんごろだったようだ。男がお房の家で逢瀬《おうせ》を楽しんでいるところへ、この不粋な三人が踏み込んで来た。濡れ場はたちまち修羅場《しゅらば》と化し、大立ち廻りの末に役人らは皆殺しにされた。はっきりしていることはそこまでだ」

小次郎は押し黙っている。

その口許から、「ほうっ」と思わず吐息のようなものが漏れた。

陰惨な事件に遭遇し、理不尽《りふじん》な死を迎えた者たちへの同情、憐憫《れんびん》、そして下手人に対する限りない怒り。一瞬にしてそういう感情の動きが彼の目の奥によぎった。また兇事にあたっての、やるせなさや切なさも感じているようで、こんな時の小次郎の心には無常の風が吹きまくる。風が花を散らすように、無常が人の命を奪い去る。しかし花は散らされても風を恨まない。

万物は無常と仏教ではいうが、小次郎はそんな諦念は持ち合わせていない。汲《く》めども尽きぬ命の泉を、無慈悲に奪い取る権利が誰にあろう。ならば許せぬ人でなしにも無常の嵐を吹かせてやりたい。そう思い、実行するのがこの男なのである。

そこへ田ノ内抱えの岡っ引き、紺屋町《こんやちょう》の三郎三《さぶろうざ》が、下っ引きの市松《いちまつ》をしたがえてやって来た。

三郎三はまず田ノ内に会釈《えしゃく》しておき、それから小次郎に向かって何か言いかけ、そこでぼけっと突っ立ったままの市松を見てムッとなり、その頭をポカリとやった。

「おめえって奴ぁどうしてそう礼儀を知らねえ、牙の旦那の前なんだぞ」

「あはっ、そうですね、そうでした。違うこと考えてたもんですから」

「何考えてたんだ」

市松はドギマギとして、お房の死骸から目を逸《そ》らした。濡れた着物が女体に張りつき、乳首がぷつんと衣越しに見えている。

「ちょっと恥ずかしいことです」

「ッたく、てめえって野郎は」

間抜けな市松の返答ぶりに、三郎三が舌打ちする。

三郎三は粋でいなせを気取ってはいるが、どこか垢抜けない男だ。喧嘩《けんか》っ早い猿《さる》を思わせる面相をしており、岡っ引きとして一本立ちしてまだ年数が浅く、それだけに功を焦る気持ちが強く、直情径行《ちょくじょうけいこう》、猪突猛進《ちょとつもうしん》でどんな事件にも取り組んでいる。そんな二十半ばの駆けだしの若親分なのだ。

小次郎とは彼が江戸に住みついてすぐに意気を通じ合わせ、それ以来、親交を結んでいる。

というより、事件の上で何度も小次郎の世話になり、判断を聞いたり指図を仰いだりしているうち、三郎三は時折、誰に抱えられているのかわからなくなることがある。

市松の方はまだ二十歳前の若造で、炭屋の跡取りでいながら捕物好きが祟ってどうしても店を継ぐ気になれず、ふた親を困らせている。将来は三郎三のような威勢のよい親分になりたいと思っているが、いつものほほんとして、何事も人より一拍遅れるから、三郎三の苛立ちの元になっている。顔は思い切り不細工で、出来損ないの薩摩芋《さつまいも》のようだが、背丈は三郎三よりずっと高い。

三郎三が小次郎へ向かって小腰を屈め、

「こりゃどうも、旦那、お忙しいところを」

「忙しくはない、暇だ」

小次郎がにべもなく言う。

ふだんなら、難事件が発生するや真っ先に小次郎に助っ人を頼むのは三郎三、と相場は決まっているが、こたびは田ノ内が直に頼みに来た。四人もが一度に殺され、田ノ内は手に余る事件と見越して、「ちと手助けを」と言って小次郎の出馬を依頼したものだ。

この四年の間、小次郎はそうやって彼らの依頼を受け、いくつもの難事件を解決に導いてきた。いかに彼の出自が謎に包まれていても、この小次郎という男の叡智《えいち》や才覚、教養の高さなどは尋常ではなく、田ノ内ならずとも、「大した御方《おかた》」と思わせ、しかも小次郎は馬庭念流《まにわねんりゅう》の剣の使い手、という申し分のなさなのである。

「三郎三、新しくわかったことはあるか」

田ノ内が三郎三に問うた。

「へい、この馬鹿と一緒に」

と言って市松をこなし、

「お房の知り合いの間を駆けずり廻ってきたんですが、つき合ってた野郎、つまり下手人の正体がさっぱりつかめねえんでさ」

「秘密にしていたということか」

田ノ内が尚も聞く。

「そういうことンなりやすかねえ……けどお房に男ができたことはみんな知っておりやしたよ。下手人とは知り合ってまだ間もねえようなんで。二人はこの半月ぐれえの仲らしいんでさ」

「それはおかしいな」

小次郎が口を挟んだ。

「へっ、おかしいと言いやすと?」

三郎三が聞き返す。

「女というものは正直だから、好きな男ができればとかく人に吹聴《ふいちよう》したがるものだ。これだけの殺しをやってのける男ゆえ、並の者ではあるまい。恐らく女には正体は教えてないと思うぞ。だが正体は知らずとも、女はどこかで男のことを漏らしているはずだ」

三郎三が目を光らせて、

「そうですね、もう少し手を広げて聞き込んでみやしょう」

次いで小次郎は田ノ内へ目を向けると、

「田ノ内殿、同役の岡田氏《うじ》はどのような科《とが》の下手人を追っていたのですかな」

「さあ、それは」

「まずはそこが知りたいところです」

「相わかった。遺族とその周辺に聞いてみよう」

するとこ市松がにこにこと進み出て、

「てえことは牙の旦那、今度も捕物の助っ人をやって下さるんですね」

小次郎が真顔でうなずき、

「ああ、やるよ、やらいでか。人の命を軽々しく扱うような輩《やから》は地獄へ突き落としてやらねばな、おれの気が済まんよ」

三

田ノ内伊織は岡田勝四郎の遺骸に向かって焼香し、改めて手を合わせると、まずは神妙に拝んだ。

その横でまだ若い岡田の妻女が首を垂れている。

組屋敷の広間の方ではとむらいの支度が進められていて、親族や同心仲間が動き廻り、ざわついている。

この頃の遺骸の死装束《しにしょうぞく》は白衣で、額に三角《さんかく》の額烏帽子《ひたいえぼし》を巻きつけ、両手を胸許で組ませて数珠《じゅず》を握らせている。さらに胸許に剃刀《かみそり》を添え、枕は北向きで脇に盥《たらい》を置いている。枕頭《ちんとう》の小机の上には木と竹の二本の箸《はし》を突き立てた枕飯《まくらめし》、そして蠟燭《ろうそく》と線香が添えられ、小皿には塩と味噌《みそ》がひとつまみ盛られてある。

焼香を終え、田ノ内は妻女へ向き直ると、

「心よりお悔やみ申し上げるぞ。勝四郎はお役熱心な奴で、まっことよい同心であった」

その言葉に、妻女は肩を小刻みに震わせながら無言で一礼する。

「しかしこんなことになるとは夢にも思うておらなんだ。二、三日前にはわしは奉行所で勝四郎と言葉を交わし、冗談など言い合っていたのだ」

妻女は泣き腫らした目を上げ、

「田ノ内様、どうかもう、岡田の話は……」

「うむ、わかった。相すまん」

そう言い、田ノ内は少しもじもじとして、

「そのう、ちと尋ねたいのだが、勝四郎はお役に関する話をそこもとにしておったかな」

「はい、大きな事件などは大変張り切って、わたくしに事細かな事件の経緯《いきさつ》まで話して下さいました。ふつうお役人は家に仕事は持ち込まないと聞きますが、岡田はそうではありませんでした」

田ノ内が膝を乗り出し、

「ではこたびの件はどうだ、何か聞いておらんか」

「それが、こたびはひと言も……でも岡田はこのところ毎日忙しく出掛けておりまして、夜半に帰ることすら珍しくなかったのです。目の色が変わっておりましたから、大きな事件であることは間違いないものと思ってはいたのですが」

「手掛かりが欲しいのだ、どんなことでもよい。下手人はいったいどのような罪を犯した男なのか、また勝四郎、万兵衛らがいかにしてその居所である横網町の女の家を突きとめたのか、それさえわかれば道は開けるはずなのだ」

妻女は暫《しば》し考えていたが、何かを思いついたらしく「少しお待ちを」と言い、急ぎ足で出て行った。そして一枚の書きつけを手に戻って来ると、

「これが岡田の部屋に残されておりました。わたくしにはなんのことかわかりませぬが、ご覧下さいまし」

「ふむ、ふむ」

書きつけを手にしてすばやく目を走らせ、やがて田ノ内は「うむむ……」と唸《うな》り

声を上げた。

四

三郎三と市松は、お房が常連だった南本所横網町の女髪結《おんなかみゆい》に来ていた。

この当時、髪結は男専門と女専門とに分けられていたから、店内は右を見ても左を見ても女ばかりである。

「お房さんのいい人かえ」

髪結の大年増の女主《おんなあるじ》が声をひそめて聞くから、三郎三も囁くようになって、

「いい人がいたこたわかってるんだよ。けどそいつの名めえも何もわからねえんで困ってるのさ。お房さんは男のこと、女将《おかみ》さんに喋《しゃべ》ってねえかな」

「お房さん、大川に突き落とされて殺されたって聞きましたけど、本当なんですか」

三郎三が口を濁して、

「ああ、まあな……ともかくそいつを確かめたくってよ、野郎を探してるんだ」

「でも殺されたのはお房さんだけじゃなくって、あの人の家ンなかでお役人方も殺

されたそうですね」

女主は興味津々《しんしん》の目だ。

三郎三が舌打ちして、

「女将さん、頼むからこっちの聞いてることだけに答えてくれねえかな。詮議中《せんぎちゅう》のことはまだ人に言えねえんだよ。どうなんだ、男の話は出たのかい」

女主が秘密めかした目でうなずき、

「名前は丈吉っていうんだそうです」

三郎三が目を開き、

「知ってんじゃねえかよ、おい」

「あの人がある時あんまり浮きうきしてたんで、何かいいことでもあったのかえって聞いたら、お房さん嬉しそうな顔してぺらぺらと喋ったんです」

小次郎の言葉通りだと思い、三郎三は思わず膝を乗り出して、

「ぺらぺらどこまで喋ったんだ、洗い浚《ざら》い聞かしてくんな」

「丈吉って人は本所三つ目の方に住んでるそうなんです。生業《なりわい》は、えーと、なんてったかしら、そう、刃物の研《と》ぎ師《し》だって」

研ぎ師とは嘘臭いなと、三郎三は胸の内で思いながら、

「三つ目のなんてえ町だい」

「聞いてませんね、そこまでは」

「それじゃ肝心なこと聞くがよ、丈吉の人相風体はどうでえ」

女主は首をひねって、

「会ったわけじゃありませんから、どんな人かまでは」

そこで女主は三郎三をくすぐるように、

「でもちょいといなせで、親分みたいにいい男みたいですよ」

「いや、おれぁそんな……」

にやついて照れまくる三郎三に、市松が横から、

「女将さん、あんまり持ち上げねえで下せえやし。うちの親分はすぐつけ上がる口ですから」

三郎三が気を悪くして、市松をポカリとやった。

五

町火消しの纏《まとい》を作るのは代々、江戸に一軒のみと定められていた。

纏といえば、その昔は戦陣で大将のそばに立てた目印のことを指したが、戦《いくさ》がなくなって泰平の世になると、大名火消しや町火消しが纏を火事場の目印として使うようになった。大昔には纏屋という専門職はなく、槍《やり》屋が代行してこれを作っていた。

それが享保《きようほう》十五年（一七三〇）になって、南町奉行大岡越前守忠相《おおおかえちぜんのかみただすけ》が槍屋の石《いし》田治郎右衛門《だじろうえもん》なる者を召し出し、「これより江戸町火消しの纏はその方の所で一手に作るべきこと。他の者には許可を与えず」という有難い御沙汰《ごさた》を下された。

それ以来、石田治郎右衛門が江戸町火消し四十八組の纏作りを、一手に請負うことになったのである。一方の大名火消しの纏は、今も変わらず槍屋が作っている。

初代治郎右衛門はお上《かみ》へそのことを深く感謝し、七十八歳の天寿を全うするまで神田明神《かんだみようじん》への日参と、水垢離《みずごり》を取ることを怠らなかったという。

そして代々世襲として石田治郎右衛門を名乗り、文化《ぶんか》年間の今は三代目にあたる。場所も変わらず、八辻ケ原《やつじがはら》の南、神田竪大工町《たてだいくちよう》である。石田の家は旅籠《はたご》のように大きく、八人の纏職人のほかに番頭もいれば女中もいる。

大岡越前守は宝暦《ほうれき》元年（一七五一）に齢《よわい》七十五で卒し、とうにこの世の人ではないが、纏作りは石田の家に限るという定めは、申し送られて今でも生きていた。

ところが三代目は二十五の若さで早死してしまい、後家となった小夏《こなつ》という女房が女の細腕で石田の家を守っている。しかしその頑張りがいつまでもつか、ここにきて石田の家も終わりではないかと、世間から危ぶまれている。それというのも小夏は子を生しておらず、跡継ぎがないために、石田の家はこの先は望み薄と見なされているのだ。

それでも小夏は気丈だから、世間からなんと言われようが日夜纏作りに励んでいる。後家の頑張りを貫く決意なのだ。小夏の実家は銀座本局《ぎんざほんきょく》近くの葺屋町《ふきやちょう》で槍屋をやっており、つまりは槍屋の娘が纏屋に嫁いだのである。

一時はしかるべき養子を迎え、石田の家の存続を図ろうとしたこともあったが、なかなか眼鏡に適《かな》った者が見つからず、頓挫《とんざ》したままになっている。

年増《としま》で後家というと、脂ののった貫禄《かんろく》たっぷりな女将を想像するが、ところが小夏はさにあらずで、三十とは思えないほっそりとした躰つきをしている。それに女にしてはすらりと背丈があり、鼻筋の通った瓜実顔《うりざねがお》に富士額《ふじびたい》も美しく、また凜々《りり》しく秀《ひい》でた男眉の持ち主で、気を張って生きている者特有の、烈々と燃え立つ負けじ魂のようなものを感じさせる女なのだ。つまりは江戸前の、小股《こまた》の切れ上がったいい女なのである。

そんな小夏に同情すると見せかけ、言い寄る不埒《ふらち》な男も少なくないが、彼女は片っ端から肘鉄《ひじてつ》を食らわせている。江戸っ子の心意気と潔癖症を併せ持ち、くだらない男は寄せつけないのだ。さりとて男嫌いというのではさらさらなく、ひそかに夢に描いている理想の男はいる。生身の女盛りで、それは当然のことなのである。しかしそんな思いはおくびにも出さず、胸の奥にしまいこんでいる。女である自分に封印をし、石田の家を守ることに必死なのだ。

そんな小夏がひょんなことから牙小次郎と知り合い、風来坊のその身許を引き受けることになった。まさに縁は異なもの、味なものなのである。そうして二人は出会った時から心を通じ合わせ、まるで男雛《おびな》と女雛《めびな》を並べたような組み合わせとなった。

その時、小次郎は黒漆の挟み箱《はさばこ》を担いでおり、それごと小夏に預けたものだ。なかには千両の小判がぎっしり詰まっていて、さすがの小夏も仰天してど肝《ぎも》を抜かれた。だが小次郎は千両のわけを一切言わず、預かってくれて必要に応じて出して欲しい、と言っただけなのである。千両もの大金を持っていて、それを無造作に他人に預けるという小次郎の風変わりな人柄に、その時から小夏は惹《ひ》きつけられた。大金の出所は何通りもの憶測が成り立ち、小次郎がどこかで盗んだ金と言えないこともないが、そうではないもっと違う理由だと小夏は考えた。それで何も聞かずに大金を預かり、住居を提供することにした。

小次郎は纏屋の母屋《おもや》とは別棟の離れを借り受けることとなり、以来、そこにもう四年も住みつづけている。

離れは総檜造《そうひのきづく》りで、母屋と渡り廊下でつながっており、十畳と八畳の二間に広い土間が取ってある。台所はあるがそれを小次郎が使ったことはなく、飯は小夏が作って運んでいる。そして表からも裏からも出入りが適《かな》い、木々の繁みが風雅を呼んでいる。また風通しもよく、初夏の今時分は涼風が吹き渡り、極めて快適な住空間なのである。裏手からは青物役所の大屋根が見えている。

その大屋根で雀《すずめ》の群れが囂《かまびす》しく鳴く声を背に受けながら、小次郎は十畳の間でひとつの屏風《びょうぶ》に向かって正座し、茶を喫していた。

六曲一双《ろっきょくいっそう》のその屏風は「誰ケ袖《たがそで》屏風」といわれるもので、小次郎が江戸へ来てから知己《ちき》を得たさる人物より、譲り受けたものなのである。

平安時代以降、貴族社会には豪華な衣装によって室内を飾る習わしがあった。華やかな打掛けや、殿舎を美しく彩《いろど》った打出しなど、それらを人目を意識して衣桁《いこう》にかけた。それを衣桁飾りというのだが、その衣桁飾りそのものを絵にしたのが「誰ケ袖屏風」なのだ。

ゆえにその屏風絵のなかに人物はまったく存在せず、衣桁にかけられた袴《はかま》や小袖などの衣類だけがさり気なく、ひっそりと描かれている。それでいて金銀の摺箔《すりはく》を多用しているから、寂しさはなく、むしろきらびやかで眩《まばゆ》いほどで、王朝風の豪奢《ごうしゃ》な匂いさえ放っている。

小次郎はこの「誰ケ袖屏風」がことのほか気に入り、暇さえあれば朝に夕べに眺めている。最近ではそれを眺めるのが趣味にもなっている。

しかし余人には、単に屏風絵を眺めているだけのように見えるが、牙小次郎という不思議なこの男は絵とひそかに会話をしているのである。

衣桁飾りの向こう、絵に描かれていないたとえば隣室かあるいは苔《こけ》むした庭先か、そこから華やいだ女たちの囁き声や笑い声が、彼には聞こえるようなのである。それは人や男の噂話か、他愛もないものかも知れないが、小次郎は耳を欹て、悦に入るのだ。

そういう時の小次郎は近寄り難く、小夏は決して話しかけないようにしているが、用があれば仕方なく、渡り廊下から遠慮がちにしずしずと離れへ入って来て、彼の

背後に慎ましく座って、

「あのう、もし、旦那」

声をかけた。

だが小次郎は背を向けたままで、何も言わない。

「田ノ内の旦那と三郎三の親分がお見えんなってるんですけど、お通ししてよろしいですか」

「今日は娘が三人で騒いでいる」

「はっ？」

「何かよいことがあったらしく、声が昂《たかぶ》っていてな、そのはしゃぎようが面白い」

それはいつものことで、小次郎が空想の世界で遊んでいることはわかっているから、小夏も奇人変人を見る目にはならず、

「どんないいことがあったんでしょうねえ」

至極まともな顔で聞いた。

「わからん」

「えっ、だって屏風のなかの人たちとお話をしてたんじゃないんですか。さっきからずっとそうしていますよね」

「小夏」

「はい」

「屏風絵は屏風絵なのだ。何も答えてはくれんよ」

小夏ははぐらかされたようになり、ふうっと溜息をつき、（疲れるわ）と思いながら、

「じゃ、お通ししていいですね」

「ああ、構わんよ」

小夏が席を立とうとすると、小次郎が、

「このところおまえと話らしい話をしてないな」

「え、ええ、旦那、お忙しいですから」

「たまには外に飯を食いに行くか」

「ンまあ、いったいどうした風の吹き廻しなんでしょ。ええ、もちろんお供致しますよ」

小夏が見る間に華やぎ、喜色を浮かべて言った。

六

「本所三つ目界隈《かいわい》に住む研ぎ師の丈吉ってのを躍起《やっき》ンなって探しまくりやしてね、緑町《みどりちょう》、花町《はなまち》、永倉町《ながくらちょう》、入江町《いりえちょう》と歩き廻ってもまだ見つからねえ。仕方ねえから三つ目橋を南へ渡って、本所徳右衛門町《とくえもんちょう》、林町《はやしちょう》、菊川町《きくかわちょう》、それでもいけねえから富川町《とみかわちょう》まで足を延ばしやしたが、やっぱり駄目でした。もうくたくたで足が棒ですよ」

滅多に音を上げない三郎三がぼやき、茶をガブガブと飲んで、

「髪結の女将から聞いた時から、研ぎ師なんてもっともらしい嘘なんじゃねえかと思ってやしたが、案の定でしたよ」

「ご苦労だったな」

小次郎は三郎三の労をねぎらっておき、

「したがおれが思うにその男はやはり研ぎ師なのであろう。店は出していなくとも、その昔にそれを生業にしていたとかな。人というものは嘘をつくつもりでいても、どこかで地金が出るものだ。研ぎ師の線は捨てぬ方がよいぞ」

「あ、さいで。わかりやした」

三郎三が言うと、市松がにやっとして、

「あたしの言った通りですね、親分」

「おめえがなんてったんだ」

「今はやってなくとも、前は研ぎ師だったんじゃねえかと言ったはずです」

「聞いてねえな」

「言いましたよ」

「うるせえ、だからなんだってんだ、能無しのくせしやがって。おめえなんかのこのこついて来てるだけでクソの役にも立ってねえんだぞ。それで蕎麦屋《そばや》にへえりゃ人一倍食いやがってよ」

「それが大事なんです」

「なんだと」

「あたしは親分の影を踏まねえように歩きながら、親分が粗相《そそう》をしねえものかとちゃんと目を光らせてるんです。だからあたしは大事なんです」

「お、おれがどんな粗相をしたってんだ」

「まあ、それはともかく、わかったことは本所より深川の方が可愛い子がいるということですね」

「もういいからおめえは黙ってろ」

市松を押しのけ、三郎三は田ノ内へ向かって、

「田ノ内の旦那、そちらのご首尾は」

「うむ、うむ、この件は益々面妖《めんよう》であるぞ」

そう言って、ふところから岡田勝四郎の遺した書きつけを取り出し、

「牙殿、これをご覧《ろう》じろ」

小次郎がそれを手にして見入る。

書面には次の文字が走り書きしてあった。

「地張煙管師《じばりきせるし》菱屋宗三郎《ひしやそうざぶろう》　室町《むろまち》二丁目。鼈甲櫛《べっこうくし》笄《こうがい》問屋《どんや》駒形屋杢助《こまがたやもくすけ》　通塩町《とおりしおちょう》。菓《か》子卸《しおろし》京屋美濃吉《きょうやみのきち》　浅草天王町《あさくさてんのうちょう》」

「何かな、これは」

小次郎が問うと、田ノ内は難儀な表情になりながら、

「勝四郎が書き遺したものじゃよ。調べてみたところ、その三軒ともそこそこの店での、奉公人の数で申すと菱屋は五十六人、駒形屋は七十人、京屋に至っては百人も雇い入れておる。年商いは千から二千両というところかの。あるいはもっとかも

知れん」

「ではこの三軒に共通しているものは」

「去年の暮れから今年の春までの間に、主《あるじ》が皆死んでいるということだ」

「主が皆、死んだ？」

おうむ返しに小次郎が言うと、田ノ内が首肯《しゅこう》した。

「それは確かに面妖だ。三人は知り合いですかな」

「いいや、知り合いではない。煙管師と櫛笄屋、それに菓子卸は商いの上でもつながらんし、家の者たちに尋ねてもたがいの名は聞いたこともないという」

「では死に方は」

「いずれも事故じゃよ」

「どのような」

「菱屋は上野《うえの》の屏風坂から転げ落ち、頭の骨を折って死んだ。駒形屋は酔って大川に落ちて溺死《できし》じゃ。そして京屋は餅を喉に詰まらせて息絶えた。それぞれ奉行所の検屍《けんし》も済み、人に殺された疑いなどないということになっている」

「しかしその三件に疑いを持って岡田氏は調べていた。そうですな」

田ノ内がうなずき、

「恐らく勝四郎と万兵衛は殺しの見込みをつけて詮議した結果、浮かび上がってきたのが研ぎ師の丈吉なのであろう。やがて丈吉を探し出して遂にその所在を突き止め、横網町の女の家に踏み込んだのじゃ」

「三件とも丈吉の仕業《しわざ》とするなら、巧妙に事故に見せかけ、奉行所の詮議もすり抜けるくらいです。丈吉はかなりの殺しの手練《てだれ》ということになりますぞ」

「そうなるな」

三郎三が緊張の面持ちで進み出て、

「そ、それってひょっとして、人殺し屋のことじゃねえんですかね」

「人殺し屋だと?」

小次郎が険しい目になり、問い返した。

田ノ内は一瞬視線を泳がせる。

「へえ、金で人殺しを請負う連中が、江戸の闇ンなかにいると聞いたことがあるんでさ」

「そんな輩がいるのか、三郎三」

怒りで沈んだ小次郎の声だ。

「真《まこと》しやかに囁かれちゃおりやすが、本当かどうかまでは……けどたぶん、あっしぃるものと」

　すると田ノ内が重々しい顔になり、

「三郎三、実は今までおまえには言わないでおいたのだが……」

「へい」

「その人殺しの連中については忸怩《じくじ》たるものがあっての、それは赤鰯《あかいわし》の一味と呼ばれており、正体のまったくつかめん連中なのだ。しかし確かにおまえが言う通り、金で殺しを請負う連中は存在する。これまで何人もの犠牲者が出ている。奉行所では一部の者しか知らぬことになっておるがな」

「赤鰯一味……」

　初めて聞く名に、三郎三が表情を引き締めて、

「そいつをなんで黙ってたんですかい、田ノ内の旦那。水臭えじゃねえですか」

「いや、他意はない。しかし見当のつかんことを言っても詮ないと思うとったんじゃよ。黙っていてすまん」

「あ、いえ、そんな……」

　三郎三が恐縮する。

「待たれよ」

そう言うと、小次郎は暫し思案に耽《ふけ》っていたが、

「その三人の商人《あきんど》の死が事故死でないとするなら、この世の誰かが怨みを持ってその赤鰯とやらに殺しを頼んだことになる」

「そういうことじゃな」

田ノ内が得心する。

「へえ、へえ」

三郎三が声を上擦らせて身を乗り出し、

「てえことは牙の旦那、三人の商人を篤《とく》と調べたら怨まれてる原因がわかって、頼んだ奴も判明してきやすね。頼んだ奴が知れりゃ、赤鰯の奴らも芋蔓式《いもづるしき》に御用弁《ごようべん》てえことに」

「そう簡単にはゆくまいが、辿る道筋はそういうことだな」

「へい、わかりやした、その線でやってみやすぜ。おう、いいな、市松」

「大丈夫です、あたしがいれば」

市松が胸を叩く。

「なんだ、そりゃ。どういう意味だよ」

「いいえ、別に。先へ進みましょう」

「ッたく、この野郎は」

三郎三が市松を小突いた。

田ノ内が気を揉《も》むようにして、

「牙殿、赤鰯一味が相手となると、うっかり深追いでもしてどんな反撃を受けるか知れたものではござらんぞ。こっちも夜道には気をつけねばなり申さん」

小次郎が含みのある目でうなずき、

「気をつけましょう、夜道には。但し、それは赤鰯一味の方でござろうな」

七

田ノ内伊織は奉行所で、少し遅めの昼餉《ひるげ》をとっていた。

役人たちの食事はむろん官費で賄《まかな》われるもので、田ノ内ほど古くなると賄方に好き勝手が言えて、その日は鯵《あじ》の塩焼きに油揚げの煮物、納豆汁《なっとうじる》に大根の味噌漬け、それにどんぶりに白米が小盛りになったものが並んでいる。若い同心たちのように山盛りは食えないのである。箱膳は引出しつきで、食べ終えたらそこへ食器をしまってから下げる決まりだ。

他の同心たちは大概は飯を済ませて出払っているようで、十畳の板敷の間は田ノ内一人である。黙々と箸を動かしていると汗ばんできたので、そろそろ梅雨《つゆ》入りかなと思い、立って連子窓《れんじまど》を開けて風を入れ、また飯に戻った。

そこへ臨時廻りの若同心、後藤平内《ごとうへいない》というのがやって来た。

「どうもご老体、今日はちとむし暑いようですな」

田ノ内の前に正座をして言った。

臨時廻りというのは、定廻りを補佐する役割で、隠密廻りを加えたこの三つが花の三廻りといわれている。三廻りとも、与力《よりき》の上役を持たない外廻りのお役だ。

田ノ内はろくな返事もせずに口を動かしている。その視線がさり気なく、後藤の腰に下げられた根付《ねつ》けに注がれていた。それは象牙《ぞうげ》象嵌細工《ぞうがんざいく》の鼠《ねずみ》が彫られた高級品だ。

根付けは江戸時代を代表する小工芸品のひとつで、着物と密接な関係にあった。つまり印籠《いんろう》、巾着《きんちゃく》、莨入《たばこい》れなどを腰に下げて持ち歩く際、それらの紐《ひも》を帯の下からくぐらせて挟むものだが、しかし紐だけでは帯から抜け落ち易いので、根付けというものを考案して滑り止めとしたのである。そこに遊び心を加え、しゃれていたり、奇抜であったり、凝ったものを彫らせて下げるようになった。

それでなんの用かと思えば、後藤は声をひそめて、

「ご老体、赤鰯の一味の詮議に乗り出したそうですな」

臆病そうな小さな目を瞬《またた》かせながらそう言い、田ノ内の顔色を窺うようにした。

田ノ内は表情を変えずに、

「誰がそんなことを申しておるのだ」

「人の口に戸は立てられんのです。すっかり知れ渡っておりますよ」

「風評に過ぎんな。赤鰯の一味を召し捕ろうなどと、わしはそんな大それたことは考えもせんわ。命あっての物種《ものだね》ではないか。もうこの歳になるとコソ泥一人捕まえるのが精一杯での、いや、そのコソ泥とて時には取り逃がすことがあるぞ」

惚《とぼ》け通すつもりでそう言った。

「そうでしょうか」

「疑っておるのか」

「ご老体には強い味方がついておるそうな」

「誰のことを申しておる」

「竪大工町の纏屋に間借りしている素浪人のことですよ。その者が何かとご老体に知恵を授けておられるとか」

「やけにわしのことに詳しいではないか」

「まっ、それも人の口には、ですよ」

「このわしに何を言いたい」

そこで後藤は態度を改め、両手をきちっと膝に置くと、

「赤鰯の捕縛《ほばく》、それがしにもお手伝いさせて頂きたいのです」

「なんのためにだ」

「田ノ内様ですから打ち明けますが、是非とも手柄を立てたいのです。このところ不首尾がつづいておりましてな、面目が立たんのです」

「人に頼るな。手柄は自分で探すものだ」

「はっ、しかし……」

「繰り返すが赤鰯に手を出すつもりはない。いったい誰から聞いた話なのだ」

「い、いえ、まあ、それは……」

後藤が口を濁す。

「お主のお父上は悪党どもを震え上がらせ、鬼同心といわれて市中にその名を轟《とどろ》かせたものであった。わしとも親交が深かった。生きておればわしとおなじ歳になるが、惜しむ声は今でも聞くぞ」

「はっ……」

後藤がうなだれる。

「これ、平内、そのお父上の名に恥じぬように精進《しょうじん》しておるのか」

「日夜、努力をしてございます」

面《おもて》を伏せたままで、後藤が答える。

「それならよい。行ってくれ、飯の途中なのだ」

「失礼を致しました」

後藤が一礼し、行きかけるのへ、

「その根付け、贅《ぜい》を凝らしたものであるな」

田ノ内が言った。

「あ、これは……父の形見でございます」

逃げるように立ち去る後藤を目で追い、田ノ内は今のは嘘だなと思った。

後藤の父親は贅沢を嫌う質実剛健な男だったから、象牙細工の根付けなどこさえるはずはなかった。先代が偉大だと、かならず二代目は小粒になる世の習いなのだ。

「まっ、それも詮方《せんかた》ないか……」

ひとりごち、冷めた飯をさらさらと平らげた。昼下がりから聞き込みに廻る予定で、今日の田ノ内は忙しいのだ。むろんほかならぬ赤鰯一味の探索である。

八

室町二丁目地張煙管師菱屋宗三郎の店は、中規模ではあるがどっしりとした本建築であった。

贅沢な煙管をこさえるため、客も富裕層が多いようで、店先には立派な塗駕籠《ぬりかご》が止められ、大勢の供の者たちが控えている。また貫禄たっぷりな大商人風も出入りしている。

三郎三はその賑《にぎ》わいを横目で見ながら、店の裏手へ廻った。

今日の三郎三はいつもの羽織に着流し、白足袋《しろたび》、草履《ぞうり》、十手を腰に落とした岡っ引きの身拵《みごしら》えではなく、どこにでもいる着流しの町人姿になっている。最初から岡っ引きとわかると相手に警戒され、聞き込みがやりづらいからだ。しかし十手だけはふところに呑んでいた。

菱屋の奉公人は五十六人と聞いていたものの、裏手はひっそりとしていて、にきび面の山出しらしい女中が一人で洗い張りをしているだけだった。

こういう時の三郎三は馴れたもので、

「よっ、元気でやってたかい」

いきなり調子よく女中にかました。

女中はキョトンとして、

「あんれ、どこのお兄さんだったかや」

「忘れちまったのかよ、おいらのこと」

女中が首をひねって、

「思い出せねえなあ」

「まっ、いいけどよ、どうせおいらなんか吹けば飛ぶよな男だから、気にしねえでくれ」

「すまねえだに」

「それよりおめえ、大旦那がてえへんなことンなって、店は誰が継いでるんだ。確か菱屋さんにゃ倅《せがれ》なんかいなかったよな」

「後を継いだのはおかみさんだけど、腕のいい職人さんを八方手を尽くして探してよそから連れて来ただよ。その人がまた評判がよくって、菱屋はこれで安泰だってみんな言ってるだに」

「そいつぁよかったじゃねえか」

「ンだ、おらの給金も変わらねえからそれが何よりだ」

「ところで三月《みつき》めえのことを聞くがよ、旦那はなんだって屏風坂から転げ落ちたんだ。その時店のもんは一緒じゃなかったのかい」

「黒門町《くろもんちょう》で煙管職人の寄合《よりあい》があっただよ」

「ふむ、ふむ」

「寄合が終わって、旦那さんは一人で寛永寺《かんえいじ》の慈眼大師《じげんだいし》の糸桜を見に行ったようだね。そん時ほろ酔いだったらしくって、だから屏風坂で足を踏み外したんじゃねえかと、奉行所のお役人様があたしらの前でご説明なすっただ」

糸桜とはしだれ桜のことで、寛永寺慈眼大師のそれは名代《なだい》であった。

「もうひとつ聞いてもいいかな。旦那の宗三郎さんは人に怨まれちゃいなかったかい」

女中は三郎三を怪しみだしたのか、戸惑いを浮かべて、

「なんしてそんなこと聞くだね」

三郎三はこの女中一人の話では済むまいと思い、ふところから十手を取り出して、

「実はおいら、こういう者なんだ。ちょいとおかみさんに話を通してくれねえか

な」

菱屋宗三郎の女房は三十半ばの地味な女で、三郎三を奥の間へ通すと、まだ憂いの去らぬ風情《ふぜい》で、

「あたしとうちの人とは、八年前に知り合って一緒ンなりました。うちの実家は元《もと》鳥越《とりごえ》で袋物問屋をやってるんですけど、そこへあの人が出入りするうちにたがいに憎からず思うようになりましてね、あたしにはその前に亭主がいて、それとの折合いが悪くって別れてたんです。それでも構わないってことで、菱屋へ再縁したんですよ」

「旦那はずっとめえから菱屋をやってたのかい」

「あたしと一緒ンなる二年前からだと言ってました。ですから今年で十年てことに」

「その以前はどうしてたのかな」

「さあ、昔のことはあまり言いたがらない人だったんで、あたしもよくは……こっちもなるべく聞かないようにしてましたから」

「どんな人柄だったね、旦那は」

「無口な人でしたね。一日中むっつりと黙りこくって煙管だけをこさえてました。それで世間様に腕を認められて、商いは繁盛《はんじょう》してましたけど、あの人の嬉しそうな顔は見たことがありませんでしたよ」

宗三郎は職人によくある一刻者《いっこくもの》なのだと、三郎三は見当をつけて、

「ところでおかみさん、旦那は人の怨みを買うようなことは」

女房はびっくりしたように目を見開き、

「怨みですか？　さあ、とんと心当たりは。ほとんど人づき合いをしない人でしたから、怨まれる道理もありゃしませんよ」

「腕のいい職人を雇って、店は大層栄えてるようだな」

「金の草鞋《わらじ》で尋ね歩いてようやく探し出したんです。菱屋の暖簾《のれん》を下ろしたくありませんしねえ、奉公人たちにも悲しい思いをさせたくないんで、こっちも必死でしたよ。今の人は腕がいいんで高い手当てを吹っかけられましたけど、あたしはこれでいいと納得してるんです」

その職人に会いますかと女房が言ったが、会う必要はあるまいと思い、三郎三はそれを断った。そしてさらに主立った旧《ふる》い奉公人たちに会わせて貰い、雑談めかして宗三郎の人となりを聞いたりもした。しかし特に主を怨んでいるような者もなく、

ましてや人に殺しを頼むほどの人物はいないと判断し、それで菱屋を後にした。

九

鼈甲櫛笄問屋駒形屋の店はすでに人手に渡り、別の商人のものになっていた。

訪ねて来た市松はそれで少しばかりうろたえたが、その新しい店の者に駒形屋のことを聞くと、主の杢助には女房子もなく、奉公人たちはいずれも四散して行方は知らないと言われた。

困り果ててさらに近所で聞いて廻ると、番頭だった男の行方を知っている者が現れ、その所を教えられて行ってみた。

駒形屋杢助が溺死したのはある春宵《しゅんしょう》のことで、それから番頭がなんとか店を盛り返そうと頑張っていたのだが、その甲斐《かい》なく六月の初めに離散になったという話だ。

番頭は駒形屋のあった通塩町から目と鼻の横山町《よこやまちょう》一丁目の長屋に住んでいて、市松が訪ねて行くと、その元番頭らしき男は暇潰《ひまつぶ》しなのか、竹とんぼを廻して長屋の子供たちと遊んでやっていた。

「駒形屋にいた平助《へいすけ》さんですか」

教えられた元番頭の名を言ってみた。

元番頭の平助はまだ四十ほどなのに、早くも白髪が目立ち、皺《しわ》も深く刻まれていた。しかし目に愛嬌のある男である。

「おめえさんは」

「こういう者です」

市松がふところの十手を覗《のぞ》かせる。

「ほう、若えのに親分さんかい」

「まだ下っ引きです。そのうち人様から親分さんと呼ばれる日を夢見ております」

「そいつぁいい、頑張んなせえ」

「頑張ります」

平助が市松を励まして肩を叩き、そのまま家へ入って行った。市松も帰りかけ、慌てて戻って油障子《あぶらしょうじ》を開け、

「ちょっと待って下せえ、おまえさんに話があって来たんですよ」

「そうかい」

それで市松は家へ入れて貰い、駒形屋杢助の死について調べていると言うと、平

助の顔色が変わった。

「やっぱりあれはおかしいのかい」

「いえ、そういうわけじゃねえんですけど、やっぱりってなんですか？　なんぞ心当たりでもあるんですか」

「あるよ、大ありだよ」

市松は家のなかを見廻し、女っ気や子供の衣類などがないのでちょっと訝って、

「平助さん、ここに一人でお住まいで？　おかみさんやお子さんはいないんですか」

「店が潰れちまったからさ、金の切れ目が縁の切れ目ってやつよ。嬶《かか》ぁはガキ連れて出てっちまった」

「次の働き口は決まってないんですか」

「決まってりゃこんなとこでぶらぶらしてないよ、この不景気だしねえ」

「そりゃよくありませんね、働き口はともかくあたしが間に立ちましょうか」

「おめえさんが？　その若さで？」

「世話好きなんです」

「いいよ、もう。ガキは会いたいけど、あんな嬶ぁは二度と面《つら》ぁ見たくないね」

「お子さんのためを思って、ここはよりを戻した方が」

「うるさいね、おまえさんも。人のことに余計な口出しするんじゃないよ。話を元に戻しなさい」

「あ、そうでした。つい揉め事に首を突っ込む癖があるもんで。失礼しました」

そう言って頭を下げておき、

「駒形屋さんの死んだのにどんな不審があるんですか、平助さん」

「だってうちの旦那は酒飲めなかったもの」

「へっ？」

「酔っぱらって大川に落ちたことンなってるけど、酒を飲めない人がどうしてだい。お役人はそういう説明をしてたけど納得できないのさ。どう考えたって変だろう」

「その時誰もいなかったんですか」

平助がかぶりをふって、

「あの旦那はね、酒も飲めないのに一人で夜のお出掛け。そう言やわかるだろう」

「わかりません」

「これだよ」

平助が小指を突き立て、

「旦那は女房いなかったからね、外に女作ったたって何したたっていいんだけど、飲めもしないのによく料亭なんかへ行くもんだよ。そう思わないかね」

「外に女がいたんですか」

「らしいよ」

「どんな女なんでしょう」

「素人女じゃないね、どうやら芸者みたいだった」

「誰も知らないんですか、その芸者のこと」

「聞くとね、いつも話をはぐらかすんだ。よっぽど人に知られたくなかったか、それとも女に口止めされてたかどっちかだね。けどそれも変な話さね。ふつうはどんな芸者と遊んだかなんて、男同士なら秘密にしないよ。面白おかしく話すだろう」

「どの辺りで遊んでたかわかりますか」

「深川《ふかがわ》だね、深川のどこかは知らないけど、前にポロッと深川の名前が出てさ、慌ててたもの」

「話を戻しますけど」

「媾ぁの話ならもうよしとくれよ」

「いえ、違います。杢助さんが死んだことについての疑いですよ。誰かに怨まれてたようなことはありませんか」

「そこまではわからないねえ」

「杢助さんとは旧いんですか」

「旦那が店を始めた時にあたしはよそから引き抜かれたんだ。だから駒形屋での奉公はきっちり十年になる」

「どんな人でしたか、杢助さんてな」

「あの人はさっぱりしたいい男だったよ、明るいとこがあるし、商いだって熱心だった。そ、それがあんなことに……」

突然、平助は感情が激してきたのか、唇を震わせて大仰に嗚咽《おえつ》を始めた。手拭《てぬぐ》いで顔を覆《おお》い、身も世もなく泣く。

こういう時、市松は人生経験が浅いからなす術《すべ》がなく、おろおろとうろたえるばかりなのである。

十

浅草天王町、菓子卸の京屋は五年前に茶巾餅《ちゃきんもち》を考案してそれが当たった。餡《あん》を餅で包んだなんの変哲もない餅菓子だが、茶巾の形がうまくできていて、庶民に喜ばれた。さらにそのあとに作った羽二重餅《はぶたえもち》も評判をとって、主を亡くしたばかりなのに店は大繁盛していた。

近頃では大名や旗本家からの註文もあり、店の格も上がって、それで奉公人が一挙に百人にもなったのだ。店内では直売りもやっているし、広い土間に床几《しょうぎ》を並べ、そこで餅菓子を食べられるようにしてあるから、女客の華やぎがより一層店の繁盛に拍車《はくしゃ》をかけているようだ。

やって来た小夏が表からその賑わいを覗き見て、何やらうろうろとして迷っていると、後ろから肩を叩かれた。

ふり返ると、田ノ内がにこやかな笑みで立っていて、

「何をしている、女将」

「あ、いえ、そのう……」

小夏は田ノ内を離れた所へ引っぱって行くと、

「牙の旦那に言われましてね、ここの様子を見に来たんですよ」

「捕物の手伝いをするつもりか」

「そ、それほどの決意はしてなかったんですけど、ええ、まあ、時と場合によっち

やあ。牙様のためになることでしたら、ひと肌でもふた肌でも」

コホンと咳払《せきばら》いをして、

「旦那こそどうしてここへ」

「決まっておろう、聞き込みじゃよ。そういうことならついて来なさい」

「えっ、あっ、ちょっと」

田ノ内は何も言わずに小夏の袖を引き、店の横手から路地へ入り、京屋の内玄関へ向かった。

小夏が慌ててついて行く。

京屋美濃吉が急死し、その跡を継いだのは大番頭の忠吉《ちゆうきち》という男であった。

田ノ内は店の者に話をつけ、奥で忠吉と向き合うことになった。田ノ内の後ろでは、小夏がやや居心地悪そうに座っている。

忠吉は突然の役人の来訪に、困惑を隠しきれない様子で、

「旦那様の死んだことに何かご不審でも？」

恐る恐るといった様子で田ノ内に聞いた。四十半ばの実直そうな男である。

「いやいや、そういうわけではないのだ。ほかで餅が喉につかえて死んだ者があり、ここの主もそうだと伝え聞いて、どうしたらそういうことになるのかと思うたのだ

よ。よほどの年寄ならともかく、ここの主の美濃吉はまだ若かったのではないのか」

　田ノ内が方便を言った。

「旦那様はあたくしより五つ下の、四十でございました」

「美濃吉はどこで死んだのかな。皆で餅を食べていて、その前でとか。どうじゃ」

「それが妙なんでございますよ。旦那様が死んだのは蔵のなかだったんです」

「蔵のなか？　一人でか」

「ええ、一人で死んでおりました。小僧が見つけて大騒ぎになって、でもその時はもう死んでたんです。それであたくしがなんで死んだのかと思って調べてるうちに、旦那様の口がやけに脹《ふく》らんでいるものですから、そうっと開けてみましたら……大きな切餅が喉を塞いでおりました。それでもう、どうしようもなかったんでございますよ。すぐにお役人様を呼んで調べて貰いましたが、やはり餅が喉につかえて息が詰まったんだろうと、そういうことに」

「ふむむ」

　小夏が膝を乗り出して、

「番頭さん、旦那さんは蔵になんの用があったんでしょう」

「さあ、それもよくわからないんです。棚卸《たなおろ》しでもないし、ふだん旦那様は滅多に蔵ンなかには入りませんでしたから」

田ノ内が話題を変えて、

「美濃吉はいつからここで商いをしている」

「九年前でございます。旦那様は菓子職人上がりではありませんから、ほかから雇い入れて餅菓子作りを任せておりました。こんなに繁盛しているんですから、さぞ旦那様も無念だったろうと思います」

するとまた小夏が口を挟んで、

「じゃあ美濃吉さんは、この店始める前は何をしてたんですか」

「いろいろやっていたようですが、詳しいことは何も。若い頃の生業に関しては、口の重いお人でしたんで」

小夏と田ノ内が憮然《ぶぜん》と見交わした。

十一

「菱屋、駒形屋、京屋——三人の商人は知らない同士といっていたが、皆の話をまとめるとそうも言えなくなってきたようだな」

小次郎の発言に、小夏、三郎三、田ノ内が固唾《かたず》を呑むようにして聞き入っている。

そこは石田の家の離れで、暑いので障子が開け放たれ、庭先からは蟬《せみ》の声頻《しき》りである。

小夏が三人に団扇《うちわ》を扇《あお》いで、風を送ってやっている。

小次郎がつづける。

「菱屋、駒形屋は十年前、そして京屋は九年前から、それぞれ店を出している。しかしてその以前となると、三人とも何をしていたのかわからないということになる」

小夏が割って入り、

「旦那の仰《おお》せの意味がよくわからないんですけど。仮に三人が旧い知り合いだとしたら、それをどうして隠さなきゃならないんでしょう。日頃行き来したって誰も変に思わないんじゃありませんか」

「それをだな、隠さねばならんわけがあるとしたらどうかな」

小次郎の言葉に、小夏はさらに首をひねって、

「でもいったい、どんなわけが……」

「今のところおれにもわからん。しかし田ノ内殿や三郎三らの話を聞いていると、おれにはそうとしか思えんのだ」

田ノ内が解《げ》せぬ表情になって、

「しかし牙殿、ほろ酔いで一人花見に行き、屏風坂から転げ落ちたという菱屋の件は、やはり事故としか思えんのだが」

それには小次郎は無言でいる。

すると市松が疑惑を浮かべて、

「駒形屋の旦那の方はちょっとひっかかりますね。酒を飲めない人が酔って大川に落っこちたんですから。それに周りに秘密にして逢いに行ってたという深川芸者ってのも、やはり気になります」

「芸者の見当はつかねえんだな」

これは三郎三だ。

「へえ、ですからこれから駒形屋の旦那が贔屓《ひいき》にしてた芸者ってのを、深川中歩いて探してみるつもりです」

「おう、そいつぁいい。よろしく頼むぜ、市松ちゃん」

「ちゃんづけはよして下さい、ガキじゃねえんですから」

「親しみをこめて言ってんじゃねえか」

「親分のそういうところが嫌いなんです」

「なんだと」

「馬鹿にしてるでしょ、あたしのこと」

「そ、そんなこたあ……」

「悪いとこは直して下さい」

「黙ってろ、牙の旦那の前なんだから」

二人のいつものじゃれ合いだ。

小夏が考えに耽りながら、

「京屋さんが蔵で餅を喉につまらせて死んだのだって、よく考えると変ですよね。どうして蔵ンなかなのか、なんでそんな所で餅を食べなくちゃならなかったのか。大の大人がそんなんで死ぬってことが解せませんよ」

小次郎が目に笑みを含ませながら、

「有体《ありてい》に言えば、おれの推測はこうなる。菱屋は屏風坂から何者かに突き落とされ、駒形屋もおなじく大川へ落とされた。さらに京屋は蔵のなかで二人以上の人間に押さえつけられ、むりやり餅を食わされた。その揚句《あげく》、事故に見せかけの三件の殺しが成り立つのではないのかな」

「まあ、怖ろしい」

小夏が怖気《おぞけ》をふるう。

田ノ内が膝を詰めるようにして、

「三人の商人が十年以上前からの知り合いだとして、その三人に共通した怨みを持つ者がいた。それが依頼人となり、赤鰯一味に殺しを頼んだ。ゆえに岡田勝四郎もそう睨《にら》みをつけ、書きつけに認《したた》めた。そういうことか、牙殿」

小次郎は即答せず、ジッと考えていたが、

「どうにも、これは……」

「うむ、なんとした」

さらに田ノ内だ。

「闇の深い事件ではないかと……単に人殺し一味を捕縛しても、それだけではカタのつかぬ感がしますな」

田ノ内が腕組みして、

「それだけではカタがつかぬ、うむむ、そうか……しかし牙殿、何はともあれ一味を捕えねば、この鬱陶《うっとう》しい霧は晴れまいの」

「むろんです。依頼人より、下手人の捕縛が先決であることは間違いない」

そうして三人がそれぞれに引き上げて行くと、送り出した小夏が戻って来て、小次郎の前にちょこんと座った。

「お腹が空きませんか、旦那」

「昼飯はお預けかな」

「隣り町に新しい小料理屋さんができたんですよ、そこにどうですか、あたしと二人で」

前々の約束もあったことだし、小次郎に断る理由はなかった。

十二

小夏が小次郎を連れて行った先は、横大工町《よこだいくちょう》の裏通りに店開けしたばかりの小料理屋であった。

昼は飯を出して家族連れが主だが、夜には酒を楽しむ店に変わるようで、隣接した青物役所の小役人衆が常連だという。

小夏は界隈では顔を知られているし、小次郎と二人だけのところを見られて妙な噂を立てられては困るから、その辺を気遣って二階の小座敷にして貰った。女中たちとも親しくなっているようで、小夏が「あれを二人分お願いね」と言っただけで、女中は承知して引き下がった。

「あれとは、どんな料理かな」

小次郎が興味深く聞くと、小夏は楽しそうな笑みになって、

「うふふ、出てくるまでのお楽しみですよ」

と言った。

「小夏、おまえはいつもそうだが、よくあちこち活発に出かけているようだな。一人で歩き廻っているのか」

「いいえ、葺屋町の頃の幼馴染《おさななじ》みとか、寺子屋で机を並べた仲とか、まちまちですよ。あたしは食べ歩きが好きでして、つき合ってるのはみんな女で、所帯持ちの子持ちなんです。うふっ、でも独り者はあたしだけ」

「この間見かけたぞ。立派な身装《みなり》の若旦那風が、おまえに親しそうに話しかけていた」

「あら、いつのこってす？」

「二、三日前だ」

「それなら多町《たちょう》の乾物問屋の若旦那ですよ。おかみさんに出てかれちまって、それであたしのことがとても気になるんですって」

「するとあれは言い寄られていたのか」

「そういうことになりますかしら。でもご免蒙《めんこうむ》りますよ、後添いだなんて。あたしには石田の家があるんですから」

「しかし悪い男には見えなかったぞ」

「そりゃあね、決して悪い人じゃないんですけどね、そのう……四年前ならなんとかなったかも知れません」

「おれが来たのがいけなかったのか」

小夏が色っぽく睨むようにして、

「そうですよ。みんな旦那が悪いんです」

「それはまたどうしてだ」

小夏がクスクスと笑って、

「いいんですよ、わからなくって。旦那はそれでいいんです」

「では今のままなのか、おれとおまえは」

「えっ……」

小夏が胸を衝《つ》かれたようになった。

「まっ、それも構わんが」

小夏は焦ったようににじり寄って、

「構わなくないって言ったら、どうします」

「これ、そう詰め寄るものではない」

「だってえ……」

そこへ「失礼します」と声かけて、女中二人が箱膳の料理を運んで来たので、小夏が慌てて元の席に戻った。

料理を見た小次郎が思わず、

「ほう、これは」

興趣溢《あふ》れる目になって言った。

それは江戸前の夏の膳といわれるもので、湯気の立ったその料理を小夏が講釈する。

「これは江戸では鮎飯《あゆめし》と言っております」

「鮎飯か」

「ご覧の通り、お米に醬油とお酒を少し入れまして、茶飯仕立てのご飯に炊《た》きます。

鮎は塩焼きにして身をほぐして、頭と骨を取って茶飯に混ぜるんです。美濃国の長《なが》良川《らがわ》で獲《と》れたものが最良の鮎とされておりまして、将軍様やお大名方はそこの献上品を食べたりなさるんでしょうが、あたしたち下々《しもじも》はそうもゆかないんで、玉川《たまがわ》のもので我慢して下さい。さっ、どうぞ召し上がれ、小次郎様」

箸を取り、どんぶり飯をひと口食べた小次郎が目を輝かせた。

「うまいぞ、小夏」

小夏が喜色して、

「よかった。きっと旦那が気に入って下さると思ってたんですよ。また来ましょうね」

「よかろう」

小夏が小さく控えめな声を出して、

「それで小次郎様、あたしたち、ずっとこのままなんですか」

小次郎は最前の会話などすっかり忘れ、

「そうだ。何か変える必要があるのか」

「あ、いえ、そのう……」

「どうした、何が言いたい」

「別に。何も言うことはございません」

なんとか小次郎の心を引き寄せたい小夏なのだが、これぱかりはままにならない。ちょっとすねたような目で小次郎の表情を窺ってみても、彼は食べることに集中していて、小夏のことなど忘れたかのようである。

（ああっ……）

胸の内で小夏は切ない溜息をついた。

第二章　赤鰯《あかいわし》一味

一

「ほれほれ、そんなに力を入れるもんじゃねえ。鋼《はがね》ってな疵《きず》つき易いんだ。娘っ子の肌みてえにそうっとやさしくやらねえかい、馬鹿野郎。そうそう、そうだ、その調子だ。覚えとけよ。そうやって心を籠《こ》めてやるんだぞ」

研ぎ師の親方の伊之助《いのすけ》が上がり框にかけ、紫煙をくゆらせながら、土間の弟子たちの仕事ぶりに目を光らせて訓示《くんじ》を垂《た》れている。

伊之助の家は大きく、弟子も大勢いて、伊之助は刀剣専門の研ぎ師として名も知られているから、気位も高いようで何かと口うるさい。老齢ではあるが矍鑠《かくしゃく》としている。

広い土間には荒砥《あらと》、海上石《うなかみ》、伊予砥《いよと》、常慶寺《じょうけいじ》、中名倉《ちゅうなぐら》、こま名倉、内曇《うちぐもり》など、様々な種類の砥石《といし》が幾つも並べられ、盥は大きな小判形研ぎ盥で、そのほか磨き棒やら角粉《つのこ》等々、刀研ぎの諸道具があちこちに見られる。角粉というのは、鹿《しか》の角を焼いて製した磨き粉のことだ。

弟子の一人が寄って来て、伊之助に耳打ちした。

「なんだと、御用聞きが？」

岡っ引きの来訪を聞かされ、伊之助が嫌な顔になった。それでも会わないわけにゆかないから、ポンと灰吹きに煙管の火を落として表へ出て行った。

軒下に三郎三が傘を差して立っていた。

知らぬ間に雨が降っていたのだ。

「畜生、降ってきやがったか」

伊之助が空を仰いでほざきながら、ギロリと三郎三を見た。

「伊之助親方ですね」

「ああ、そうだ。御用聞き風情が何しに来やがった。調べられるようなこたこれっぽっちもしてねえぞ」

伝法《でんぽう》な口調で言った。

どうやら伊之助は十手持ちが嫌いらしい。

「いえ、その、用があるのは親方じゃねえんで。ここにその昔、丈吉って弟子がおりやしたね。奴《やっこ》さんのことでちょいと聞きてえと思いやして」

「奴が何をしたんでえ」

「そいつぁご勘弁を。丈吉の居場所さえ教えて下さりゃすんなり消えまさ」

「それにしてもよくわかったな、ここに丈吉がいたってことが」

「いやあ、苦労しやしたよ。研ぎ師の親方から親方へ聞いて廻って、そりゃてえへんな骨折りでした」

「あいつぁろくな弟子じゃなかったが、それでもわが子同然にしておれの飯を食った野郎だ。奴を売るわけにゃゆかねえぜ」

「庇《かば》うんですかい、丈吉を」

「だから奴が何をしたかと聞いてるんだ」

「人殺しでさ」

「な、なんだあ」

伊之助が目を剝いた。

「それも恐らく、何人も手に掛けてるんじゃねえかと。庇い立てしやすと親方も只じゃ済みやせんぜ」

「じょっ、冗談じゃねえ、なんでおれがあんな奴のために」

「ここで不義理を働いたんですかい」

「奴ぁ帳場の金を持ち出しやがったのさ、三年もめえのこったがな」

「それじゃどこ行ったか知らねえんで？」

「それ以来、会っちゃいねえ。よしんば会ったらよ、八つ裂きにしてやりてえくれえだ。五両もやられたんだぞ」

「心当たりはありやせんか」

「うむ……」

「親方、頼みやすよ」

このままでは三郎三は引き下がりそうもないので、伊之助は根負けして、

「……わかったよ。賭場《とば》だ」

「どこの賭場で」

「櫓下《やぐらした》の富蔵《とみぞう》ン所だ。そこに入り浸ってると大分めえに聞いたことがある。けどおれぁ踏み込んだこともねえし、お上へ訴えもしなかった」

「そいつぁどうしてなんで」

「おめえなんぞに言いたかねえな」

「へえ、けどわかりやすすぜ。どんなに身を持ち崩そうがなんだろうが、一度は親方の弟子だった野郎だ。せめてもの情けってえやつじゃねえんですかい」

「うるせえ、もうその話はしたくねえ」

「なるほど。親方を裏切った丈吉はとんでもねえ罰当《ばちあ》たりでござんすね。ご免なすって」

こういう男気《おとこぎ》のある手合いが好きだから、三郎三は丁重に頭を下げて立ち去った。

雨がひどくなってきた。

二

櫓下は遊里《ゆうり》として有名で、深川でももっとも繁華な八幡宮《はちまんぐう》の山本町《やまもとちょう》にあった。

富蔵の賭場というのは、お上の目を逃れるために表向き茶屋の体裁《ていさい》をとっていて、その奥座敷の二十畳で毎晩白熱した勝負が繰り広げられている。

富蔵は土地の顔役で、賭場のほかに岡場所も営んでいるやくざ者だ。

雨上がりのその晩、盆胡座《ぼんござ》の前に常連ではない見知らぬ浪人者が座った。白っぽい単衣《ひとえ》姿《すがた》の牙小次郎である。涼しい顔で扇子《せんす》を使っている。

帳場にいた富蔵は、その小次郎を見て違和感を持った。

それで代貸《だいがし》の松吉《まつきち》を呼んで、

「なんでえ、あのサンピンは」

囁き声で問うた。

富蔵は脂ぎった中年で、子牛のような大きな躰つきをしている。

「へえ、一旦は断ったんですが、苦しゅうないとかなんとかぬかしやがって、そのまんま通っちまったんでさ。それに十両がとこぎっしり詰まった財布を見せられやして、それでこっちも目が眩《くら》んじまって、もういけやせんや」

痩せぎすの松吉が苦笑混じりに答える。

「浪人風情がなんでそんな大金を持ってるんでえ、解せねえじゃねえか」

「けど野郎が辻斬りだろうがなんだろうが、こちとら知ったこっちゃござんせんからね。金は天下の廻りものですから」

「いい鴨《かも》かも知れねえ、ふんだくって追い出しちめえ。いかさまやっても構わねえぞ」

「わかりやした」

それで富蔵が賭場を抜け、茶屋を出て大新地《おおしんち》や佃《つくだ》新地にある何軒かの女郎屋の見廻りをして、そこで多少の飲み食いをし、女郎をからかったりして再び賭場へ戻って来るや、信じられない目になった。

小次郎の前にコマ札が山のように積まれてあったのだ。半刻（一時間）もしないうちに大勝ちをしたのである。

松吉がスッ飛んで来て、

「親分、あの浪人、とんでもねえ博奕打《ばくちう》ちですぜ」

「いかさまやらなかったのか」

富蔵が押し殺した声で言う。

「そ、それが……」

壺振りがいかさまをやろうとすると小次郎に静かに睨まれ、身が竦《すく》んでそれができなくなったのだという。こっちのやることをすべて見透かしているようなのだ。

「くそったれが、あんな若造に舐められてたまるかよ」

浪人を呼んで来いと言い、富蔵は別室に引き上げてそこで待つことにした。莨盆《ぼん》を引き寄せ、苛々《いらいら》と莨を吸っていると、松吉ら殺気立った五、六人に取り囲まれるようにして、小次郎がやって来た。

「おれに何か用かな」

正面に座った小次郎に見据えられ、富蔵はどぎまぎとした。

小次郎の存在感が、富蔵を圧倒するのだ。

「い、い、いいえ、用ってほどじゃ……おさむれえ様があんまり勝負にお強いんで、いってえどんな御方かと思いやしてね、うちは初めてでござんすよね」

最初の勢いはどこへやら、富蔵は知らぬ間に卑屈になって下手《したて》に出ていた。

それでバツが悪いと思ったのか、目顔で松吉らを下がらせた。しかしそのことを富蔵はすぐに後悔した。いざ小次郎と二人だけになるとなんとなく心細く、落ち着かなくなってきた。この男、図体は大きいが根は小心なのである。

「博奕というものは怖ろしいものよの」

小次郎が低い声で言った。

「あ、さいで……」

「夢中でのめり込んでいるとわれを忘れ、取り返しのつかないところへ行ってしまいそうになる。世に叫ばれているように、博奕は人を狂わせるものだ。おまえに呼ばれて目が覚めたぞ」

「へえ」

「あっという間に五両近く稼いだようだな」

「そのようで」

「しかしその金はいらぬ。おまえにくれてやる」

「な、なんと申されやした」

「おまえのふところから五両もふんだくる気はないのだ」

「ちょっと待って下せえ、どこの世間に勝ち金を置いてく人がおりやすんで。それじゃなんのために博奕をやったのか……」

「人を探している」

「そいつぁ誰でござんすね」

「研ぎ師の丈吉という男だ。ここの常連だったそうな」

「へえ、確かに。けどこの一年ほどは来ちゃおりやせんぜ。客によっちゃひとつの賭場に飽きて、転々としやすんで」

「奴の住まいを知らぬか」

「丈吉は旦那に、なんぞご迷惑でもおかけしたんですかい」

「まっ、そんなところだ。知っていたら教えてくれ」

「弱っちまったなあ、見ず知らずの旦那に教えていいものかどうか」

「それなら五両、ここへ耳を揃えろ」

「そりゃ殺生《せっしょう》だ」

金が惜しくなって富蔵が慌てた。

「丈吉に義理でもあるのか」

「とんでもねえ、義理があるのは向こうの方ですぜ。賭場の借金を何遍も融通してやったんですから」

「では丈吉はどこにいる」

小次郎に見つめられ、この浪人には逆らえないと、富蔵はへなへなっとなった。

三

研ぎ澄まされた獣の勘に、ビリッと反応するものがあった。

長屋中を無数の捕方が包囲し、ジリジリと包囲網を狭めてきている。

丈吉にはそれがわかったのだ。

そこは本所入江町にある丈吉の長屋で、丈吉は布団からパッとはね起きるや、手早く着替えをし、匕首をふところに呑んで素足で勝手戸へ向かった。慌てることなく、あくまで冷静だ。お房の家でのことが思い出され、思わず失笑が漏れた。あの時も役人に踏み込まれて命からがら逃げたのだ。いつも捕吏《ほり》の影に怯《おび》えて暮らすのもうんざりだった。しかしどうしてここが知れたのか、疑心暗鬼にもなった。

月代を伸ばしたいなせな若い衆の様子は影をひそめ、陰惨に削がれた頬に凄味が増し、丈吉はまさに死神の面相になっていた。

丈吉が勝手戸に手を掛けるのと、油障子が蹴破られるのが同時だった。三郎三を先頭に捕方の一団が猛然と踏み込んで来た。その後方に田ノ内伊織の姿もある。

丈吉が勝手戸を蹴倒して夜の闇へ躍り出ると、待ち伏せしていた捕方の数人が殺到し、六尺棒が襲ってきた。抜いた匕首でそれらを薙《な》ぎ払い、怒号の飛び交うなかを丈吉は夢中で突っ走った。長屋の敷地を抜け、家々の裏通りを南へ向かい、横川《よこかわ》の河岸沿いをひた走った。追手の足音がぐんぐん近づいて来る。

「くそったれえ」

さすがに焦った丈吉が北辻橋《きたつじばし》を渡ろうとしていると、橋上にふところ手で立っている黒い影が目に入った。

とっさに丈吉が匕首を構えた。

その影は小次郎で、悠然とこっちへ向かってやって来ると、

「おい、人殺し。もう逃げられはせんぞ」

冷酷な声で言い、刀の鯉口《こいぐち》を切った。

「やかましい、捕まってたまるか」

口汚くほざくや、丈吉は凄まじい水音を上げて一気に横川へ身を投げたのである。

そうして必死で泳ぎ、丈吉は柳原町《やなぎわらちょう》の対岸へ向かった。

小次郎が身をひるがえして北辻橋へ戻り、河岸へ這い上がったずぶ濡れの丈吉へ近づいて行く。

丈吉はそれより早く逃走して、柳原町の町屋のなかへ逃げ込んだ。すぐに小次郎が追いつくが、丈吉の姿は忽然《こつぜん》と消えていた。

小次郎は路地や暗がりを油断のない目で見て行く。近くで走り廻る捕方の足音が聞こえるが、誰もここまでは来ない。

ジッと耳を澄ます小次郎の眉が、ぴくりと動いた。

路地の奥でひそかにうごめく気配がしたのだ。

すかさずそっちへ向かう小次郎の耳に、突如、「ぐわっ」という断末魔《だんまつま》のような丈吉の唸り声が聞こえた。

小次郎が駆け寄って角を曲がると、そこに袈裟《けさ》斬《ぎ》りにされた丈吉が血に染まって倒れ伏していた。

「おい」

小次郎が抱き起こすが、丈吉はすでに息がない。その痩せて貧相な丈吉の姿を見て、こんな男だったのかと小次郎は一瞬思った。

その時、後方ですばやく逃げ去る足音がした。

小次郎が鋭く反応してそれを追った。どこまでも追うが、逃げて行く影は見えない。相手はもうひとつ裏の道を走っているようだ。

「おのれ……」

切歯《せっし》するところへ、三郎三、田ノ内と、捕方の数人が駆けつけて来た。

「旦那、野郎はどうしやした」

三郎三が意気込んで聞いてきた。

小次郎が後方を指して、

「何者かに斬り殺された」

「ええっ」

三郎三と捕方らが騒然とそっちへ去った。

田ノ内の背後に見馴れぬ同心が立っているので、小次郎が訝しげな目をやった。

「そちらは?」

田ノ内は三郎三らの方を気になるように見ていたが、小次郎へ向かって苦笑を浮かべ、

「これなるは臨時廻りの後藤平内と申す。どうしても赤鰯一味の捕縛に加わりたいと、わしの所へ押しかけて参ったのじゃよ」

後藤が進み出て、小次郎へ柔和な笑みを見せながら、

「後藤と申す。牙殿ですな。貴殿のことはいろいろと聞いておりましたぞ。知己を得て何よりです」

如才《じょさい》なく頭を下げた。

小次郎は何も言わずに後藤を見ている。その表情に微《かす》かな疑惑が漂っていた。

四

それから一刻半(三時間)ほど後に、小次郎は田ノ内と二人で三つ目橋に立って密談を交わしていた。

予想外の丈吉の死で捕物は失敗に終わったものの、三郎三や捕方らはまだ立ち去らず、そこいらを徘徊《はいかい》して不審者の割出しに奔走《ほんそう》していた。丈吉の遺骸は大八車《だいはちぐるま》に乗せられ、回向院へ運ばれて行った。そして後藤平内は田ノ内が言って、八丁《はっちょう》堀《ぼり》へ帰らせた。

「後藤平内と申す男ですが……」

小次郎が気障りな表情で言いだしたので、田ノ内も思わず眉間《みけん》を寄せて、

「あの男が何か」

「田ノ内殿とはどのような関わりですかな」

「ああ、そのことか。大分前に亡くなってしまったが、あれの父親は鬼同心と謳《うた》われた辣腕《らつわん》の士であっての、わしとも昵懇《じっこん》であった。それで父亡き跡を襲った平内が臨時廻りのお役に就いたのじゃが、しかし父親ほどの手柄が立てられずに焦っているらしく、そこでこたびの捕物に是非とも加えてくれと、このわしにそう頼んできたんじゃよ」

「今宵、丈吉の捕物があることは田ノ内殿が伝えたのですか」

「いや、わしの方からは何も言っておらん。いつの間にか途中から姿を現したんじゃや。そう言えば、どうして捕物を知ったものかな」

「……」

「それがどうかしましたかの、牙殿」

「はっきり申し上げましょう」

「はあ」

「あの男は怪しいのです」

田ノ内が愕然《がくぜん》となって、

「あ、怪しいとは？」

「……」

「まさか、平内が丈吉を手に掛けたと、そう思われるか」

小次郎が揺るぎのない目でうなずき、

「嫌な役割かも知れぬが、後藤平内を調べて頂きたい」

「そんな……あ奴が……」

田ノ内が烈しく動揺して考え込んだ。

「わたしは明日から丈吉の人づき合いを洗うつもりです。では今宵はこれで」

そう言い残し、小次郎は立ち去った。

凝然と考え込むうち、田ノ内は後藤の鼠の根付けを目に浮かべた。象牙細工のあれはどれほどの値なのか。田ノ内には縁のない代物だけにわかろうはずもないが、後藤はどうしてあんな高価なものを持っているのか。

その疑問が再び首をもたげてきた。

五

下っ引きの市松はこの数日間、せっせと深川通いをつづけていた。

鼈甲櫛笄問屋駒形屋杢助が、ひそかに贔屓にしていたらしい芸者を探しだすため、足を棒にして子供屋《こどもや》や料亭に何軒も聞き込みをかけているのだが、一向に首尾を得られなかった。

子供屋とは置屋のことで、深川独特の呼び名だ。

八幡宮の境内《けいだい》へ入ると、実家の炭屋を出る時に母親が父親の目を盗み、そっと持たせてくれた風呂敷包みを首から外し、それを解いて竹皮包みの弁当を開いた。次いで腰に落とした竹筒の飲み物も取り出す。

父親は相変わらず市松が御用聞きになることに反対していて、近頃ではろくに口も利いてくれない。捕物で遅くなり、家に遅く入る時は抜き足差し足で、父親に見つかろうものならたちまち雷が落ちた。おろおろと間に入る母親にすまなくて、市松はしょげ返るばかりの日々なのだ。それでも家業を継ごうとはせず、なぜそうまでして捕物に打ち込むのか、ふた親もわからないし、市松にも確たる答えはなかった。ただ言えることは、事件にかならずつきまとう謎の解明と、世間との交わりだった。それが面白くてならない。

謎は謎を呼ぶし、それをとことん追及して行くのが市松は好きだった。そういう興味が尽きないのである。

世間との交わりの方は、その時々、向こうは御用聞きとして接するのだが、様々な人間模様や事情が垣間《かいま》見えて、それにも市松はわくわくさせられる。

(病みつきっていうんだな、こういうの)

もさもさと握り飯を食い、竹筒の茶を飲みながらつくづくそう思った。握り飯には昆布《こんぶ》の佃煮《つくだに》が入っていて、母親の愛情を感じた。佃島で作られるそれは市松の好物で、決して安価ではないのだ。実家は実入りがよくて、そこそこ裕福なのである。

背後で気配がしたので、何気なしにふり向いた市松が「うえっ」と叫んだ。

鬼の面を被った男が立っていたのだ。だが大人と思ったのは見誤りで、十歳ほどの子供の背丈だった。隙を見せた間に、市松に忍び寄った別の子供が残った二個の握り飯をぶん取り、鬼の面と共にすばやく逃げ去った。

「あっ、畜生、待ちやがれ」

追いかかったが悪童たちの足は速く、無駄だった。

市松ががっくりきていると、横手で忍びやかな女の笑い声がした。

ムッとして見やるとそれは十七、八の小娘で、どこかの女中らしく、木綿の粗衣に前垂《まえだれ》をしていた。

市松に睨まれた小娘が慌てて口許を押さえる。

「何がおかしいんだ」

「え、あっ……」

小娘が申し訳なさそうな顔になる。

「人の不幸を笑う奴はな、やがてわが身にもふりかかるんだぞ」

「ご免なさい、そんなつもりは」

「じゃどんなつもりだったんだ。おめえ、どこのもんだよ。おれぁこういうもんだがな」

体裁を整えながら、ふところの十手をさり気なく見せた。十手を握ると気が大きくなって、一丁前《いっちょうまえ》の岡っ引きのつもりになれた。

だが娘はさして驚きもせず、

「まあ、御用聞きの親分さんでしたか」

「握り飯を盗まれた間抜けな親分だがよ」

自嘲気味に言うと、娘にそれが受けてまた笑われ、市松もつられてしまった。それでなんとなくそこに並んで座り、たがいの話を始めた。若い者同士は手っとり早いのである。

娘は三十三間堂町《さんじゅうさんげんどうちょう》にある料亭「久松《ひさまつ》」の女中でお仲《なか》といい、武州川越《ぶしゅうかわごえ》から働きに来ている田舎者《いなかもの》だとみずから言った。田舎者を笑うつもりは市松にはなく、お仲により親しみを感じた。

というより、よく見ればお仲は清楚《せいそ》で美しい娘だったたから、市松は胸がときめいてしまい、その顔を恥ずかしくてまともに見られなかった。

やがて捕物の件に話が及び、駒形屋という名を聞いたことはないかと市松が聞くと、お仲は店には出ていないからお客さんのことはわからないが、それとなく朋輩《ほうばい》に聞いてみると言ってくれた。本当に聞きたいのは芸者のことなのだが、それは控えた。

やがて店に戻らねばとお仲が言うので、市松はそこで別れることにした。

境内を出て行くお仲を見送りながら、市松はつくづくと思った。

（炭屋にはあんなきれいな娘さんは買いに来ねえもんなあ、やっぱりこの稼業をつづけてた方がいろいろといいことがあるよなあ）

それが捕物をやめない本当の理由かも知れなかった。

六

小次郎は本所入江町の丈吉の長屋へ行き、丈吉と親しかった人間はいないかと、住人に聞いて廻った。

住人たちは昨日の今日で、丈吉の死に衝撃を受けていて、一様に口は重かったが、大工の女房というのから有力な証言を得られた。

「丈吉さんて人は何やって食ってんのかさっぱりわかんない人だったね。昼にごろごろしていて、夜ンなるとどっかへ出かけてく毎日さ。そういやぁ、この先の南《みなみ》割下水《わりげすい》にある本佛寺《ほんぶつじ》へよく行っていたよ。首八《くびはち》とかいうごろつきが胴元ンなって、いつも青空の賭場が開かれるんだ」

入江町を出て横川沿いに北へ向かい、長崎橋《ながさきばし》を渡ってさらに北へ行った所に本佛寺はあった。そこの境内で、棒きれを何本も立て、それに筵を垂らしてなかを見えなくし、博奕を打つ男たちの声がした。

小次郎が無造作に筵をはね上げると、なかにいた五、六人が一斉にこっちを睨むようにした。いずれも職にあぶれた男たちらしく、上座で博奕を見ていた人相の悪いのが喧嘩腰になって、

「やい、なんだ、てめえは。邪魔立てしやがると承知しねえぞ」

威勢よく吠えた。それが首八らしい。

「首八とはおまえのことか」

「だからなんだ」

「ちょっと面を貸せ、暇は取らせん」

それだけ言って、小次郎は引っ込んだ。

首八は肩を怒らせ、長脇差《ながドス》を手に現れると、

「用件を早く言え」

「丈吉とは親しかったのか」

「丈吉だと？　ふん、親しいも何も、奴ぁおれが不都合な時はここで代りをやって

くれてたぜ。今日はまだ来ねえがよ」

「死んだのだ、丈吉は」

「なんだと」

首八があんぐり口を開けた。

「丈吉がどんな人間とつながりを持っていたか、それを知りたい」

「そ、そう言われたって……奴ぁ本当に死んだのかよ。昨日の昼までピンピンしてたんだぜ。信じられねえな」

「ばっさり斬られてあの世行きだ」

「ぐわっ、そいつぁ……」

「聞いていることに答えろ」

目の奥を覗き込まれるようにされ、首八は小次郎に薄気味悪さを感じたのか、

「そ、そう急に言われたってよ……」

しだいに弱腰になってきた。

「思い当たることはないか」

首八は考え込んでいたが、「あっ」と言って手を打ち、

「奴ぁここが済むとよく牛込《うしごめ》へ行ってたな」

「牛込のどういう所だ」

「そこまでは知らねえ。おれが聞くと奴ぁ嫌な顔をしやがるんだ。秘密にしときてえみてえだったぜ」

「牛込だけでは雲をつかむような話ではないか。もう少し手掛かりを思い出せ」

小次郎に詰め寄られ、首八は後ずさりして、

「ま、待ってくれ、今考えるからよ」

考える間も小次郎は目を逸らさないから、首八はしだいに追い詰められるようになり、焦ってきたのか、

「いや、おれが知ってんのはそこまでだ。けど奴にゃよく行ってる居酒屋があるんだ。そこのなんとかっていう酌婦とねんごろらしくって、その女に聞きゃもう少しましなことがわかるんじゃねえか」

「どこの居酒屋だ」

「三つ目の裏通りにあるひさごって店だ」

「おまえは一緒に行ってないのか」

「それはねえ。丈吉はどっか水臭えとこがあってよ、一緒に酒を飲んだことはなかった」

「わかった、有難う」

「い、いえ、どう致しやして……」

思わず頭を下げてしまい、小次郎が立ち去ると、首八は卑屈になった自分が腹立たしくて、そこいらのものを蹴とばした。

七

矢場というものは遊技場を表向きにしてはいるが、その実態は売色である。

神社の境内や盛り場などに小屋掛けをし、客は楊弓《ようきゆう》で的を射て遊ぶ。矢が的に当たると太鼓《たいこ》が鳴り、矢取女《やとりおんな》というのが「当たりい」と大声で叫ぶ。きれいに化粧した矢取女は大抵は七、八人いて、客はそのなかから気に入ったのを選ぶ仕組みになっている。

西両国《にしりようごく》の盛り場にある矢場は美形が揃っていることで評判だが、三郎三は外から様子を窺うだけでなかへは入らず、入り口でうろついていた。

田ノ内の命で後藤平内を尾行していると、彼はその矢場へ入り、少し矢を射っただけで馴染《なじ》みらしい女と奥にある小部屋へ消えた。

三郎三があえてなかへ入らないのは、丈吉殺しの晩に後藤と顔を合わせているからだ。

後藤は私服ではなく、同心姿で十手を隠そうともせずに遊んでいるから、三郎三はてえした野郎だぜと内心で思い、半ば呆れた。

それまでに後藤の家庭の状況は調べておいた。

父亡き後に母も他界し、後藤は家督を継いで無足見習、見習、本勤並までを短期間でこなし、一年も経たないうちに本勤となり、臨時廻りのお役に抜擢《ばってき》されている。他の者より昇進が早いのは、彼の能力を買われてということではなく、やはり亡き父の威光であろうと思われた。

臨時廻りに就いても目立った働きはなく、手柄は皆無だ。一本立ちの同心になってすぐに妻帯しているが、これは地味で不器量な女だった。三郎三は後藤の組屋敷の近くまで行き、妻女を見てきたのだ。

だからこうして後藤が外で遊ぶのは無理もないなと、一定の男の理解はしたものの、尾行していて彼の行動を見るにつけ、不審を抱いた。飲食は常に一流の店だし、遊びっぷりが派手で、どこにそんな金があるのかと思った。

確かに外廻りのお役は商人などからの付け届けがあり、おおむねふところは潤沢だが、それも限度というものがある。

田ノ内などは質素なもので、三郎三にくれる手当ては雀《すずめ》の泪《なみだ》だ。下級武士の三十俵二人扶持《ぶち》の薄給ゆえに仕方がないのである。むろんそれではやってゆけないから、三郎三は町内やその界隈からの付け届けでどうにかこうにか食べている。纏屋の石田の家からとして、小夏にも貰っている。

しかし後藤のように遊び廻るほどの余分な金はないし、親分として下っ引きの市松にも手当てを出さねばならない。市松などは父親が下っ引き稼業に対して無理解なので、一文の金もくれず、三郎三の手当てだけが頼りなのだ。もっとも足りないところは、母親が陰にて少しは補ってくれているらしいのだが。

それで三郎三が後藤に抱いた感触は、

(何かよくねえことをしてるんじゃねえか)

なのである。

「また来て下さいな」

女に送られた後藤がこっちへ向かって来たので、三郎三はすばやく身を隠した。

三郎三には気づかず、後藤が立ち去って行く。

その後藤を見送っておき、三郎三は小屋へ入るや、矢場に戻るその女に近づいて

行き、

「よっ、ねえさん、ちょいと話を聞かしてくれねえかな」

いなせな岡っ引きを気取って言い、羽織の下の十手をチラッと見せた。女は驚いたように目を瞬《しばたた》いている。

よく見れば女はまだ若いのにこぼれるような色気があり、後藤が贔屓にする気持ちがわかる気がした。

奥の小部屋で女と向き合う。

女は光《みつ》と名乗った。

「後藤様とは長えのかい」

「後藤様の何を調べてるんですか。おまえさんはあの人に抱えられてるご身分じゃないんですか」

「余計なことは聞かなくていいぜ」

「は、はい、わかりました」

お光は岡っ引きに逆らうつもりはないらしく、目を伏せて、

「後藤様とは、贔屓にして貰って一年ほどになります。あたし、あの旦那に惚れてるんです」

三郎三が「ほう」と言って目を開いた。

「それはもう、一緒に暮らしたいほどの気持ちなんですよ。でもわかってるんです、あたしは卑しい矢場女ですから」

「だったら囲って貰ったらいいじゃねえか」

「そうもいきません。あちらはれっきとした八丁堀のお役人ですし、それに奥方もおられます。騒ぎは起こしたくないんです。あたしは日陰の女に甘んじるつもりでいますんで、これでいいんです」

お光が殊勝《しゅしょう》げに言う。

「見かけによらねえな、おめえ。可愛いとこあるじゃねえか。そういうの、都合のいい女っていうんだぜ」

「あたし、好きな人にはすぐに尽くしちゃうんです」

「どんなふうによ」

「たとえばお着物をこさえて上げるとか」

「ほかには」

「えーと、ほかには……あ、そうでした。この間は後藤様に根付けを作って差し上げました」

「根付け……」

田ノ内から象牙細工の根付けの件は聞いていたから、この女の贈り物だとしたら問題はないのである。それで後藤の疑惑は解消ということになる。

「後藤様が鼠がいいって言うものですから、名のある職人さんに彫って貰って、あたしはとても満足でした」

「贈り物だけかい」

「飲み食いに行っても払うのはあたしの方です。後藤様に払わせたことはありません」

「おめえ、そんなに稼ぎがいいのかよ」

「そりゃあ、ここじゃ一番の売れっ子ですから」

「そうかい」

後藤は男冥利《おとこみようり》に尽きるなと思ったが、どこかに払拭《ふっしよく》できない疑惑が残っていた。三郎三の胸はすっきりせず、後藤かお光のどちらかに嘘があるような気がしてならなかった。

八

本所三つ目にある居酒屋の「ひさご」は大きな店で、客の二、三十人は軽く入れそうで、酌婦の数も五、六人はいた。

小次郎が店に入って来た時はまだ宵の口だったが、すでに十人ほどの職人の客が賑やかに飲んで騒いでいた。

酒の相手をする年増の酌婦に、小次郎が言った。

「丈吉という客はここに来ているな」

「へえ、今日はまだですけど、あの人いつも来るのが遅いんですよ。丈吉さんと待ち合わせですか」

どうやら丈吉の死は知らないらしい。

「そうではないが、丈吉のことをいろいろと尋ねたい」

「はあ、だったらお浜《はま》さんが。丈吉さんの馴染みなんですけどね」

「その者を呼んでくれ」

「ちょっと待って下さい」

年増が立って行って、向こうにいる中年増の酌婦に何やらひそひそと話している。その酌婦は小次郎の方をジッと見て、少し怯《ひる》んだ様子になるが、やがて年増にうながされてこっちへやって来た。

「丈吉さんのお知り合いですか」

お浜がおずおずとした様子で聞いた。

歳は三十前後か、器量は悪くないのだが暮らしが荒《すさ》んでいるらしく、顔色が悪く、生気がないように感じられた。

小次郎と向き合っても、白粉《おしろい》の下の表情は陰気臭いのである。

「知り合いではない。こうして丈吉の足取りを辿っている」

「それはなんのために」

「奴の悪行を暴《あば》きたいからだ」

小次郎が直截的《ちょくせつてき》な言い方をした。

「悪行……」

お浜がつぶやき、一瞬息を呑むのがわかった。

「旧いつき合いなのか」

「……ええ、まあ」

お浜が口を濁す。

「丈吉の何を知っている」

「そ、そんな……あたしは大したこと何も知りません」

お浜の表情に動揺が浮かんでいる。その目の奥には計り知れないものがあった。

「奴とはどんな仲なのだ」

「……」

言うべきかどうか、お浜は迷っているように見えた。

「おおよその察しはついているぞ」

小次郎にうながされ、お浜は観念したかのように、

「実は丈吉さんが研ぎ師の時から知ってました。その頃のあたしたちはまともなつき合いだったんです。でもそのうちあの人だんだん不身持になって……伊之助親方の許をとび出した辺りから会わなくなったんです。それから何年か経って、あたしの方にもいろいろとわけができましてね、つまり亭主と別れたり子供と離別したりなんですけど、それやこれやで塞ぎ込んでる時にまたあの人と出くわして、それかららくっついたり離れたりを繰り返して……まあ、どこにでもある男と女の下世話な話ですよ。そんなくだらないこと、お武家様が聞いたってしょうがないと思います

けど」

お浜の打ち明け話を聞くうち、話の筋道は通っているものの、小次郎はどこかその声に真実味がないことに気づいた。舞台で下手《へた》な役者が科白《せりふ》を言うようだと思った。

それがどうしてかわからぬまま、話題を変えた。

「ところで、丈吉の口から牛込の名は出なかったかな」

「………」

「どうなのだ」

お浜がスッと顔を上げた。

「いえ、知りません。牛込なんて土地は丈吉さんには縁もゆかりもないと思いますけど」

お浜の言うことが本当かどうか、小次郎は疑わしい思いがした。この女は何か知っているのではないか。丈吉とはいったいどんな仲だったのか。

それを問い詰めても、しかしお浜は言うまいと思った。

(この女には隠された何かがある)

そう踏んだ。

「お武家様」

「なんだ」

「さっき丈吉さんの悪行を暴くとか言ってましたけど、あの人何か悪いことでもしたんですか」

小次郎が秘密めかした笑みを浮かべ、

「おれの口からは言えんな」

「お武家様はどういう筋の人なんですか」

「それも言う必要はあるまい」

小次郎が席を立ちかけると、お浜が取りつくようにして、

「それじゃ、牛込のことは誰から聞いたんです」

その目が真剣になっている。

「それを聞いてどうする」

「い、いえ、別に……気になったものですから」

気になっただけとは思えなかった。取り繕《つくろ》うお浜の表情がなぜか暗い。

「あの男のことは忘れろ」

「どうしてですか」

「丈吉はこの世の者ではなくなったのだ」

「………」

お浜の表情に驚きはなかった。

「驚かんのか、丈吉の死を」

「いいえ、驚いてますよ。けどあの人身を持ち崩してましたからねえ、いつ人の手に掛けられたって不思議は」

「そうか」

小次郎はお浜に背を向け、店を出ながらその頰にうす笑いを浮かべていた。

丈吉が人の手に掛けられたとは、ひと言も言ってないのだ。

(語るに落ちたな、女狐《めぎつね》め)

小次郎は胸の内でぽつりとひとりごちた。

九

お浜の住居は本所三つ目橋を渡ってすぐの、本所徳右衛門町一丁目の裏通りにあった。

そこの長屋を、三郎三と市松が朝から張り込んでいる。長屋のよく見える路地の陰だから、見つかる心配はなかった。

昨夜、お浜に深い疑惑を抱いてから、小次郎は気になってたまらなくなり、ひさごを出て店がしまいになるまで物陰で張り込んだ。

酌婦たちが三々五々帰って行くなかにお浜の姿もあって、尾行をすると橋を渡って長屋へ入って行った。灯が消えても小次郎はしばらくそこに佇んでいたが、それきりお浜は出て来なかった。

小次郎も神田竪大工町へ帰り、灯の消えた小夏の部屋の前に、朝一で三郎三を呼ぶようにと認めた書きつけを残し、それでようやく寝た。

朝になって書きつけを読んだ小夏が紺屋町へひとっ走りし、三郎三を叩き起こして石田の家へ連れて来た。

三郎三は小夏が出してくれた朝飯を掻っ込みながら、小次郎から昨夜のお浜の不審を聞き、もっともだと思ってとび出して行った。

市松を連れて行こうと途中で思い立ち、すぐそばの元乗物町《もとのりものちょう》の炭屋まで来ると、そこの裏手から市松が首に弁当を巻きつけ、竹筒を腰に下げて出て来るのと出くわした。父親にけどられまいと、まるで泥棒のように忍び足になっている。その姿が滑稽なので、三郎三は笑いを怺《こら》えつつ、今から三つ目へ行くからついて来いと言った。すると市松はそれを頑《かたくな》に拒むのである。まだ駒形屋の贔屓の芸者が見つかってないから、自分はどうしても深川へ行くのだと言い張る。

それは建前で、本音は「久松」の女中のお仲に逢いたいのだが、三郎三はそんなことは知らないので、芸者探しはひとまずおいておけと言い、否応なしに市松を徳右衛門町へひっぱって来た。

本所徳右衛門町と深川三十三間堂町は北と南で、距離は離れている。

（ああっ、なんて間が悪いんだ……）

市松は内心で嘆くこと頻りである。

やがて昼近くになり、長屋の住人が家から出て来て煮炊《にた》きを始めたが、そのなかにお浜の姿はないようだった。小次郎からお浜の人相や年恰好などを克明に聞いていたから、該当する者はいない。生活苦を顔に表したかみさんばかりなのだ。

横でがさごそと音がするので三郎三が見やると、市松が大きな口を開けて握り飯をくわえ込むところであった。

無断でその一個を取り上げ、三郎三は口にねじ込んだ。

「あっ、親分、そういうことしていいんですか」

「うるせえ、おめえのもんはおれのもんだ」

「くわっ、いい親分を持って幸せですよ、あたしは」

市松が毒づいた。三郎三のことを昨日の悪童とおなじだと思った。

三郎三が竹筒の茶もぶん取って飲むところへ、一軒の家の戸が開いてお浜らしき女が物憂《ものう》いような風情で出て来た。小次郎に言われた人相風体にまさに一致する。

「動きだしたぞ、おい」

「わかってますよ。ありゃいってえどういう女なんですか」

市松は何も聞かされていなかった。

「道々話してやらあ。牙の旦那が臭えと睨んだんだ、こいつぁきっとなんかあるぜ」

お浜が長屋の木戸門を出て立ち去って行くと、三郎三は勇躍し、市松と共に尾行を開始した。

十

三つ目橋の船着場には大勢の船客が待っていて、お浜もそのしんがりについた。

三郎三と市松は他人を装うことにし、共に知らん顔でお浜の背後に立った。

そばで見ると、お浜の肩の肉は落ちて、全体にやつれているような感がした。その肉体からは陰惨な影さえ漂っているようで、酌婦風情の生業でどうしてこんなになるのかと、三郎三は解せない思いがした。酔っぱらいを相手に能天気《のうてんき》に酒を飲むだけでは、こうはならないはずだがとも思った。小次郎が睨んだ通り、やはりこの女にはどこか秘密の部分があるような気がした。

市松は向こうを見て、退屈そうに鼻クソをほじくっている。捕物に身が入っていないようだ。

やがて渡し船が来て着岸し、そこにいた全員が乗り込み、竪川《たてかわ》を上がって行く。船には屋根がないから、夏の炎熱をもろに浴び、客たちは笠を深くしたり、頭から手拭いを被ったりしている。誰の顔にも汗が滴《したた》り落ちていた。その船は一つ目橋までだから、そこで下船となり、お浜は下りると土手を上がり、両国橋を西へ渡って広小路《ひろこうじ》の雑踏を突っ切り、今度は下柳原同朋町《しもやなぎわらどうぼうちょう》の船着場へ下りた。そこにも多くの船客が待っていたが、三郎三と市松はなるべくお浜に顔を見られないように離れて立った。

お浜がどこへ行こうとしているのか、三郎三にはおおよその見当がつき始めていた。神田川を上がって行けば、本郷《ほんごう》、小石川《こいしかわ》、牛込方向なのだ。

そして三郎三の思惑通り、お浜は次の渡し船で神田川を上がり、船河原橋《ふなかわらばし》で下船した。

そこは神田川と江戸川《えどがわ》が合流する地点で、お浜は牛込御門外の神楽坂《かぐらざか》を上がって行く。旗本や御家人の屋敷が多く、寺院も幾つか密集していて、さらにそれらを通り抜けてお浜は突き進んで行く。

辺りに人影がないから、三郎三と市松は距離を取ってお浜の尾行をしている。

大樹からは蟬の声が躁しい。

やがてお浜は行元寺《ぎょうげんじ》という寺地の境内を横切り、牛込白銀町《しろがねちょう》の町地へ入って行った。そこいらになると町家が密集しているから尾行がやり易くなり、三郎三たちはしだいにお浜との距離を縮めていった。小店《こだな》の並ぶ細い路地をお浜はすり抜けるようにして進むうち、不意に歩を速めて町屋の角を曲がった。

(なんだあ、気づかれちまったのかよ)

三郎三が焦って市松をうながし、あとを追った。そして角を曲がると、お浜の姿は忽然と消えていた。

そこは白銀町にある長屋の裏手で、やかましく法華《ほっけ》太鼓を叩く音が聞こえている。

「何ぼけっとしていやがる、探せよ」

「へ、へい」

三郎三が市松を叱咤《しった》し、ふた手に分かれて散った。

一人で探し廻るうちに市松は袋小路に入り込み、どこをどう行ってよいかわからず、うろついていた。

その背後に微かな風が起こり、すばやく忍び寄ったお浜が、市松の盆の窪にかんざしの尖《とが》った先を突きつけた。

刃先が肌に食い込み、市松は声を呑み、身を硬直させた。

「どこの岡っ引きさ、若いの」

「えっ、あっ」

「あたしゃもうあの本所の家にゃ戻らない、探しても無駄だよ」

「ちょっ、ちょっと」

「命が惜しかったらあたしたちから手を引くんだね」

お浜の声にはぞっとするような、冷酷で容赦のない響きがあった。

市松が恐る恐る横目を流すと、一瞬お浜の目とぶつかった。それは黒く沈んだ鮫《さめ》の目であった。

やおらお浜は、市松の尻を思い切り蹴とばし、ダッと消え失せた。

市松は無様《ぶざま》に倒れたまま、起き上がることができなかった。

そこへ三郎三が現れ、市松を見つけて駆け寄って来た。

三郎三はすぐに異変に気づき、

「おい、どうした、市松、何があった」

「あっしぁもうやめます」

「なんだと」

「下っ引きやめます、やってられません」

その表情にはありありと恐怖が浮かんでいた。

十一

石田の家の離れで、市松が小次郎に訴えている。

その脇に三郎三の苦々しい顔があった。

「あ、あたしは十九年も人間やってめえりやして、あんな怖ろしい思いをしたことはありません。本当に殺されるかと思ったんです、牙様。まだ死にたくないんです。

ですからこんな危ない仕事からは、金輪際《こんりんざい》手を引こうと思いまして」

「おい、市松」

小次郎が苦笑混じりに、

「おまえは今頃になって十手持ちが危ない仕事と気づいたというのか」

市松はしどろもどろで、

「いえ、そういうわけじゃあ……今までだって盗《ぬす》っ人《と》に刃物を向けられたり、熊みたいな大男に追いかけられたりして、九死に一生を得たことは数えきれねえくらいあります。けど今度のはまるっきり違うんです。あれは正真正銘の死神の女なんですよ」

小次郎がスッと表情を引き締め、

「死神か、なるほど……丈吉の死顔を見た時におれも似たような感想を持ったぞ。つまり丈吉とお浜はおなじ穴の狢《むじな》なのだ。人殺しなんぞを生業にしていると、そういう人間の顔になるのであろう。奴らは魔物に魂を売ったのだからな」

三郎三が目を光らせて、

「旦那、それじゃお浜も人殺し屋なんですかい」

「恐らくな、居酒屋の酌婦は仮の姿に違いないぞ。少なくともお浜は丈吉の死を知っていたのだ。無関係では決してあるまい」

「するってえと旦那、お浜は昨日、いつからあっしらの尾行に気づいてたんでしょう」

「途中のどこかであろうな。最初から気づいていたら、牛込までひっぱりはすまい」

　市松が割って入り、

「そんなわけなんで牙の旦那、それに親分、あたしを抜けさせてくれませんか」

「おめえ、本気で言ってんのかよ」

　三郎三が怒りを含んだ声で言うと、市松はうなだれて、

「さんざっぱら親分のお世話ンなっておきながら、大変申し訳ねえです。でもさっきも言ったように、あたしは長生きしてえんです。勘弁して下せえ」

　二人へ向かって叩頭《こうとう》した。その脳裡《のうり》にはお仲の可愛い顔がよぎっていた。

　三郎三が吐き捨てるように、

「わかった、もういい。おめえのふた親もさぞ喜ぶだろうぜ。短い縁だったな、とっとと消えろ」

「へい」

市松がまた頭を下げ、躰を小さくして出て行った。

三郎三ががっくりして、

「まったく、腰抜け野郎めえ」

「三郎三、これもやむを得まい。市松は心底怖ろしかったのだな。去る者は追わずだ」

「へえ、そりゃそうですがね……」

「そこでだ、お浜はどうする」

「徳右衛門町の自身番《じしんばん》に頼んでおきやしたんで、町役人がひさごと長屋の両方を見張ってくれることンなっておりやす。けど市松に捨て科白を言ったように、お浜はもう戻っちゃこねえでしょう」

「命が惜しかったら手を引けと、お浜はそう言ったのだな」

「まっ、市松の話だとそういうことに」

「ふむ」

「ここへ来る途中にお浜の家ンなかを見てきやしたが、家財道具も何もなくてガランとしておりやしたよ。あそこにゃ寝にけえるだけだったみてえでして、女らしい暮らしの匂いなんざまったくねえのには驚きやした」

そう言ったあと、三郎三は臍《ほぞ》を噛むようにして、

「畜生めえ……いってえ何人いるんだ、人殺し屋どもは」

「牛込白銀町のどこかに、奴らの巣窟《そうくつ》でもあるのではないかな。そこがわかっただけでも一歩前進と思え」

「へえ」

「そこはおれが調べてやる。毒蛇どもはもっともらしい堅気を装って、身を潜めているに違いない」

「そう致しやすと、あっしぁ市松がやっていたことを引き継ぎやすぜ」

「駒形屋が贔屓にしていたという謎の芸者探しだな」

「へえ、そこを突き抜けねえと、どうにもすっきりしやせんので」

「おれが怪しんだ後藤平内はどうする」

「そこにぬかりは。今、田ノ内の旦那がお調ベンなってくれておりやす。あっしも後藤様にゃどうにもひっかかってるんでさ」

小次郎がうなずき、

「ところで、三郎三」

「へい」

「市松は戻って来ると思うか、あのままなのか」

三郎三がにやっとなって、

「たぶん、三日と持たねえでしょう」

「どうしてそう思う」

「あいつぁ根っからの捕物馬鹿ですからね、真っ黒ンなって炭屋なんぞやってられるわけありやせんよ」

自信ありげに、三郎三が言った。

十二

化粧をして着飾ったお光が油障子を開けたとたん、サッと表情をひきつらせた。

そこに田ノ内がのっそりと後ろ手で立っていたのだ。その腰に十手が光っている。

「これから矢場へお出ましかな」

「あ、あのう……」

「わしは南町の田ノ内と申す。おまえに話があって参った」

お光が困惑を浮かべながら長屋の路地の方を見た。住人たちが好奇の目でこっちを見ている。

　それでやむなく田ノ内を招じ入れ、お光は硬い顔で向き合った。

「どんなお話でしょう」

　お光の声はどこか冷やかで、三郎三に見せた顔とは別人のようだ。

　田ノ内はふところから書きつけたものを取り出し、それを開いて読みながら、

「おまえの実家は、日本橋音羽町《にほんばしおとわちょう》で足袋問屋を営んでいるのだな」

「はい」

「すでにふた親を亡くし、おまえの兄が家を継いでいる。店は大層儲かっておるそうな。何ゆえそこをとび出して矢場女などやっておるのだ」

　お光が眉を吊り上げて、

「言わなくちゃいけませんか」

「ここで言えんのなら自身番へ行ってもよいのだぞ。その方がすんなり喋れるのなら同道しよう」

　お光は少し慌てて、

「い、いえ、何もそこまでしなくとも……」

「ではわしの聞いていることに答えなさい」

「実は兄さんのおかみさんと犬猿の仲でしてね、早く家を出ようと思って、町内のつまらない男をつかんじまったんです」

田ノ内が書きつけを見て、

「鉄問屋次男の増吉《ますきち》であるな」

「ええ、その増吉は怠け者でろくに仕事もできなかったんです。だから夫婦仲は一年と持ちませんでした」

「離縁して上野の水茶屋に出ている」

「そこでも朋輩と折合いが悪くって、あちこちの水茶屋を転々とした揚句に、今の矢場に落ち着いたんです」

「実家に戻る気はないのか」

お光がうなずき、

「兄さんが離縁してくれることをいつも願ってますよ」

「幾つかの水茶屋から今の矢場へと、わしはおまえのことを詳しく聞いて廻ってみた。いやいや、実に驚いたな」

お光が嫌な顔になる。

「おまえは金に細かくて、自分のふところからはビタ一文出さんそうじゃの」

お光が開き直ったように、

「それが悪いんですか」

「ケチも度を越していて、皆が口を揃えてあんな金に汚い女はいないと申しておる。しかもおまえは、ひそかに小金《こがね》専門の金貸しもやっておるそうではないか」

金貸し稼業は届け出が必要で、潜りでやっていることがわかると罰せられる決まりだ。

それがあるからお光は泡を食って、

「人様の困った事情に同情して、少しばかり用立てて差し上げてるだけですよ。陰で金貸しをしてるわけじゃありません」

「したが利息は取っている」

「まっ、それは多少は……」

「そんなおまえがどうして後藤平内に飲食を馳走し、高価な根付けまでこさえてやったりしたのだ。解せんではないか」

「そ、それは……」

お光が烈しく動揺し、恐慌をきたした。わなわなと身を震わせている。

「それとも後藤にだけは別なのか。惚れていると言ったそうだが、矢場で聞くとそうでもないという話だったがの」

「……」

「これには何かからくりがあるのではないかな。訪ねて来た御用聞きに、後藤に惚れていると言い、尽くす女だとも述べた。だが矢場の皆は尽くすどころか、搾《しぼ》り取る女だとの話だ。どっちが本当なのかな、お光」

お光は顔を青褪《あおざ》めさせ、声を震わせて、

「旦那、これはいったいなんのご詮議なんですか」

「後藤の素行を調べている」

「ええっ」

「おまえが奴の何かに加担しているのなら同罪ということになる。これよりしょっ引いて行くが、もう二度と娑婆《しゃば》には戻れんと思え」

田ノ内がどしんとした声で脅しをかけた。

「ちょっ、ちょっと待って下さい」

お光がみっともないほど狼狽《ろうばい》し、あたふたとして手を突き、

「み、みんなお話しします」

「うむ、そうこなくてはいかん」

「あたし、後藤様に頼まれたんです。もしも御用の筋からお尋ねがあったら、あたしが後藤様に勝手に惚れて尽くしていると、そういうことにしてくれるとすべて丸く納まると言われました。根付けのことも気にしていて、あたしが金を出して作って差し上げたことにして欲しいと」

「その見返りはなんじゃ」

「え、それはその……」

「幾ら貰った」

お光が口を噤《つぐ》んだ。

「申さぬと後悔するぞ」

「……五両です」

白状して、お光ががくっとうなだれた。

田ノ内が思わず唸った。

奉行所で赤鰯一味の捕縛に参加させてくれと言いに来た時、田ノ内が腰の鼠の根付けにひと言触れ、それであの時後藤は察知したのに違いない。そして田ノ内が不審を持って調べに来た時の、その言い逃れを思案し、こうしてお光を五両の金で抱き込んだのだ。

鬼同心の父親とは似て非なる後藤の気性を知るに及び、田ノ内の心の内は落ち着かなくなってきた。つまり後藤には隠れた別の一面があり、恐らく分不相応な金を持ち、何か後ろ暗いことに手を染めているのではないか。

(やはり丈吉を斬ったのは後藤なのか……)

それを思うと、後藤の父親と親交があっただけに、田ノ内は断腸の思いがした。

田ノ内が何も言わずに立つと、お光が取り縋《すが》るようにして、

「あ、あたしはどうなるんですか」

「ふん、おまえもな、もう少し自分を大切に致せよ」

言い置き、出て行った。

十三

牛込という所は江戸城の西北にあたり、その昔は武蔵野《むさしの》の牧草の地で、牛が多く飼われた原野であり、それがその名の由来になっている。

ここはご府内でもっとも丘陵が高く、山の手とも呼ばれていて、牛込白銀町は神楽坂の上、肴町《さかなまち》の北に位置している。

牛込御門通りには、菓子、七味煎餅《しちみせんべい》、手打蕎麦《てうち》、豆腐屋《とうふ》、蒲焼《かばやき》、鮨屋《すし》などの小店が賑々《にぎにぎ》しく軒を並べ、軽やかに行く女子供の下駄の音がなんとはなしに涼感を誘っている。また軒下の風鈴《ふうりん》も耳に心地よい音色を聞かせている。

小次郎は散策を楽しむ暇人を装い、穏やかな表情で白銀町界隈をぶらつきながら、やがて行元寺の境内へ入り、茶店の床几に腰を下ろした。

髪の毛が一本もなくなった老爺が来て、小次郎に麦湯を供する。

「町は栄えておるようだな」

小次郎が話しかけると、老爺は人の好《よ》い笑顔になって、

「へい、お蔭さんで」

「ここでの商いは長いのか」

「かれこれ二十年ほどになりやすが」

「ではどこの店のことも承知しておるな」

「まっ、おおよそは」

「妙なことを聞くが、どこかに商売っ気のない店はあるかな」

老爺はキョトンとして、

「商売っ気のない店でござんすか」

「そうだ。つまり店は張っていても、人の出入りも少なく、なんとなくやる気があるようなないような、そんな一風変わった店だ」

小次郎の睨みでは、赤鰯一味が隠れ蓑《かくみの》としてこの地で商いをしているとしたら、恐らく町のなかで浮いた存在なのではないかと、そう考えたのだ。本業が人殺しなのだから、とても商いに身を入れているとは思えないし、それはこの地で根を下ろしている人間の目からは、奇異に映るはずである。

老爺は小次郎の奇妙な質問に戸惑っているようであったが、何かが閃《ひらめ》いたのか
「あっ」と言って手を打った。

「そういやぁ、確かに」

小次郎が目を光らせ、

「あるのだな、そんな店が」

「ございやす。丁度この寺の裏手に当たるところで、通りから行きますと外れになりますが、ぽつんと一軒だけ」

「どんな店だ」

「長崎屋《ながさき》と申す蠟燭屋でござんすよ」

「蠟燭屋……」

「亭主は蟹蔵《かにぞう》と申しやして、四十半ばの陰気臭え男です。倅も一緒に暮らしておりやすけど、こいつは千助《せんすけ》といいやして、まあ世間並です」

「奉公人はいないのか」

「へえ、あっしの知る限り親子二人で切り盛りしてるようでして。商いは三年ほどめえからになりやす」

「客以外の人の出入りはどうだ」

「さあ、どうでござんしょうか。あっしも日がな一日あの店を見てるわけじゃねえんで」

「そうか、すまなかった」

礼を言い、過分に茶代を弾《はず》んで小次郎は茶店を後にした。老爺の言う通り寺の裏手から境内を出る。小店の並びが途絶えたところにその店はあった。軒看板に「ろうそく　長崎屋」とあり、店は間口が狭く、なかはうす暗く、ひっそりとして人影は見えなかった。

「ここか……」

つぶやき、小次郎が店全体を見廻した。家はさして大きくはないが、裏の方に漆喰《しっくい》の土蔵が見えている。つぶさに家を窺い、その周りをぐるりと歩いてみた。

その小次郎の姿を、土蔵の天窓から突き刺すように見ている目があった。お浜である。

（あいつ）

お浜の目が兇暴に血走るや、みるみる殺意が充満してきた。

第三章　芸者夕顔《ゆうがお》

一

岡っ引きの三郎三は深川の子供屋、料亭を片っ端から尋ね歩き、鼈甲櫛笄問屋駒形屋杢助が贔屓にしていた店、並びに謎の芸者を探しまくっていた。

たとえ市松の行った先と重なっても、それはそれで構わないと思っているから、余計に骨折りだった。

市松の聞き込みに手抜かりや漏れがあるかも知れないし、三郎三も頑固なところがあって、わが目で確かめるまではと思い込んでいた。

そうして八幡宮近くの三十三間堂町へ辿り着くと、「久松」という料亭が目についた。

門前に大きな老松が鎮座し、紅色の格子戸もしゃれていて、それはどう見ても一流どころの店である。

三郎三が身を引き締めて店へ向かいかけていると、玄関先でうろついているうろんげな男がいた。下っ引きの市松である。

「おう、市松じゃねえか」

三郎三に声をかけられ、市松は慌てて駆け寄って来て、

「こ、こりゃ親分、まさかここでお会いするとは」

どうしてもお仲に逢いたくて、彼女が偶然現れないものかと行ったり来たりしているところだったから、市松は悪いことが見つかった悪童のようにうろたえている。

「おめえ、こんな所で何してるんでえ」

「あ、いえ、それはですね……」

「捕物から足洗ったんじゃねえのかよ」

「これは捕物とは違うんです」

「じゃなんなんだ」

「言わなくちゃいけませんか」

「なんだと」

「ちょっと、そのう、今はあんまり言いたくないんです」

「ほう、そうかい。まっ、おれとは縁を切ったんだからおめえがどこで何しようが勝手だがよ。ふうん、そうかい、言えねえのかい」

三郎三に冷たい視線を投げかけられ、市松は青菜に塩となって、

「い、いえ、ですからね、元親分、言える時がきたらちゃんとお話をしようかと思ってまして」

「なんだ、そりゃ。さっぱりわからねえな。それになんだ、その元親分てな。そういう奴だったのか、おめえは。おれが今までどれだけおめえの面倒見てきたか、わかってんのかよ。てめえの食い扶持まで削って、おいら痩せる思いでおめえに飯食わせてきたんだぞ。それじゃこれまでのおいらの親切は無駄だったのかい。ああっ、がっかりだなあ。世も末だぜ」

市松が開き直ったようになって、

「三郎三の親分」

「なんでえ」

「何もそこまで言わなくてもよかありませんか。親が可愛い子に飯を食わせるのは当ったりめえのこってす。それを恩に着せちゃいけません。あたしだって親分のた

めに一生懸命働いてきたんです。だから十分に恩は返してるはずなんですよ。今はもう赤の他人なんですからね、あんまり言いたいこと言わねえで下せえ」

三郎三もムカッとして、

「そうかいそうかい、上等だな。てめえの口から赤の他人なんて科白は聞きたくなかったぜ。可愛くねえなあ。よし、よっくわかったぞ。これでおいらもふんぎりがついたってえもんよ。さようなら、市松ちゃん」

「あっ、ちょっ……親分……」

市松が引き止めようとすると、三郎三はそれをふり払うようにし、怒った足取りで行ってしまった。

「困ったなあ、ああいう人もなあ……」

市松が慨嘆《がいたん》していると、店の裏手から手桶《ておけ》を下げ、柄杓《ひしゃく》を手にしたお仲が出て来た。店先に打ち水をしに来たようだ。

「あら、市松さん」

「お仲さん」

市松はバツの悪いような顔になり、そわそわとしている。

「何かあったんですか」

「いや、別に何も」

お仲は今日も清楚な美しさで、市松は恥ずかしくてその顔がまともに見られない。

「あたしに用でも？」

「そういうわけじゃないんだけどね、お仲さんがその後どうしてるかなと思って」

「元気にやってますよ」

お仲は意味もなくクスクスと笑い、それから打ち水を始めたが、何かを思い出してパッと市松の所へ寄って来て、

「市松さん、うちのお客さんで、鼈甲櫛笄問屋の駒形屋って人はいないかって、そういうお尋ねでしたよね」

「う、うん、そうだけど」

「朋輩に聞いてみたら、駒形屋さんて人はうちに来てましたよ。それに贔屓にしている芸者さんの名前もわかったんです」

「ええっ」

二

築地木挽町《つきじこびきちょう》は深川とおなじ埋め立ての地だが、ここは町屋もあるが武家屋敷が多く、また高級な料亭や料理屋が軒を連ねていて壮観である。大衆的な深川とはやや趣《おもむき》を異にするものだ。

火灯《ひとも》し頃ともなると、店々の前に威厳のある塗駕籠や供の姿が見え、それらは幕閣のお偉方や大名のおしのび、はたまた遊び馴れた大身旗本などだから、その一帯は一種異様な近寄り難い雰囲気に包まれる。

そんな一軒の高級料亭から、女将や仲居らに送られて後藤平内が出て来た。八丁堀同心の定服姿ではなく、高価な絽《ろ》の羽織に佩刀《はいとう》した身ごしらえだから、どこかの旗本家の御曹司《おんぞうし》のように見える。恐らく身分を偽り、金に糸目をつけずに遊興しているらしく、女将以下はご大身でも扱うような気遣いようで、後藤が見えなくなるまで頭を下げている。

そうして後藤が三十間堀《さんじっけんぼり》の河岸沿いに京橋《きょうばし》の方へ向かってそぞろ歩いて来ると、紀伊国橋《きのくにばし》の上に立つ黒い人影が目に入った。後藤を待ち受けていたらしく、その人物がゆっくりと近づいて来る。

月光にその顔が照らしだされ、後藤がたちまちうろたえた。

それは田ノ内伊織で、目に怒りを浮かべて後藤を睨むと、

「この愚か者めが」

厳しく叱る声で言った。

後藤は表情を硬直させ、唇を固く引き結んでいる。

「大事なお役をおろそかにするどころか、連夜の放埒《ほうらつ》な遊びっぷり、大したものよのう。そんな金がいったいどこにあると申すのだ」

「………」

「しかもわしの追及を見越し、矢場女に口裏合わせをさせる悪辣《あくらつ》さはなんとしたことだ。申してみよ、どんな悪事に加担しておる。それがなくばこのような遊興が叶うはずがあるまい」

「………」

「どうした、なんとか申せ」

田ノ内に詰め寄られても、後藤は黙んまりを通している。

「ではわしが推論を申してつかわそう。おまえは人殺し屋の赤鰯一味に取り込まれ

ておるのではないのか。おまえが捕縛の手助けを願い出てきた時から、わしは不審を感じておったぞ。それでわしにつきまといながら、人殺し屋の丈吉が捕えられそうになるや、先廻りをして闇討にした。あれはおまえの仕業であろう」

「………」

「おまえの役割は一味の首魁《しゅかい》に頼まれ、秘密の漏洩《ろうえい》を防ぐことにある。それゆえに大枚の報酬を得て、連夜の豪遊ができるのだ。違うか」

「………」

「平内、名誉を残して死した父上のことを少しは考えろ。家名を汚してよいのか。どうしてそのように堕落をしてしまったんじゃ」

「もううんざりだな、ご老体」

後藤が乾いた声で口を切った。その表情が不快に歪《ゆが》んでいる。

「なんと申した」

「ふた言めには父上の功績を持ち出し、比較されるのはもうまっぴらなのですよ。虫酸《むしず》が走るとはこういうことを申すのでしょう。わたしはわたしなのですからな、いつまでも父上、父上と、いい加減に耳にタコです」

田ノ内が憤然となり、

「そうか、そうまで申すならもう何も言うまい。しかしおまえの所業を不問に付すわけには参らん。明日、奉行所へ出頭致せ。与力殿の前でおまえを糾弾《きゅうだん》してくれようぞ」

後藤が冷笑を浮かべ、

「なんの証拠もないのにですか、それはちと無理がありましょう」

「そんなことはないぞ。証拠はおまえのその腰にぶら下がった根付けじゃ。それは芝露月町《しばろうげつちょう》の象嵌師伊勢小太夫《いせこだゆう》の作であろうが。上様の根付けまで作るような天下一の職人に、どうしておまえごときがそのように高価なものを。おまえの註文であると伊勢小太夫は確《しか》と証言しておる。値は三十両というとてつもないものだ。よもや三十俵二人扶持の身分でできる贅沢《ぜいたく》ではあるまい。わしはそこまで調べた。どうじゃ、恐れ入ったか」

後藤が殺意の目になって刀の鯉口を切り、やおら抜刀した。

田ノ内が色を変え、身構える。

「田ノ内殿には申し訳ないが、そこまで調べられてはわたしの生きる道はのうなる。幸い辺りに人影はなし、死んで頂くしかありませんな」

剣先鋭く、田ノ内に斬りつけた。

田ノ内はそれより早く身を引き、後藤を睨み据えて、

「貴様、そこまで腐りきってしまったのか」

「ええい、問答無用」

刀を大上段にふり被った後藤が、不意に痛みに呻き声を漏らした。

悠然と背後から忍び寄った牙小次郎が、後藤の利き腕を強い力でつかんだのだ。

ふり返った後藤が、小次郎を見て追い詰められた目になった。

「うぬっ、貴様は」

「話は逐一《ちくいち》聞かせて貰った。白状しろ。田ノ内殿の申す通りにあの時、このおれに先んじて丈吉を斬ったのはおまえであろう」

「おのれい」

「どういうつながりなのだ、赤鰯一味とは」

後藤が必死であがくが、小次郎に刀を奪われて乱暴に突きとばされ、無様に倒れた。

小次郎と田ノ内が、ぐいっと後藤に迫ったその時だ。

闇のなかから短剣が飛来し、後藤の喉を刺し貫いた。

「があっ」

叫んだ後藤がたちまち血を噴出させ、転げ廻った。

小次郎が身をひるがえし、短剣の飛来した方角へ向かって走った。その小次郎へさらに数本の短剣が投げられた。身軽にそれを躱《かわ》しながら、尚も小次郎が走って行くと、闇のなかに気配は忽然と消え、静かになった。

小次郎は慄然と見廻していたが、やがて元の場所へ駆け戻った。

田ノ内が後藤を抱き起こし、その名を呼んで躰を揺さぶっていた。

「平内、おい、平内、しっかり致せ」

だがすでに後藤は死相を浮かべ、虫の息である。

小次郎が近寄り、後藤に屈んで、

「おい、一味のことを明かせ。ここで何もかも話すのだ」

後藤はあらぬ方を見て、混迷の目をさまよわせながら、

「誰がやった。誰だ。口封じなどせずとも、喋るつもりなど……」

さらに何かを言いかけ、そこで首を垂れて絶命した。

「牙殿……」

「これもやむを得ませんな」

小次郎は後藤の亡骸《なきがら》に向かって合掌し、それから毅然《きぜん》とした目を上げると、

「田ノ内殿、ここはお任せしますぞ」

「どちらへ参られるか、牙殿」

それには答えず、小次郎は消え去った。

三

牛込白銀町の長崎屋は、海の底のような暗黒のなかに沈んでいた。

その店の前に立つ小次郎に、湿っぽい夜風が不吉な臭いをさせて吹きつける。

やおらダッと潜り戸《くぐど》を蹴ると、心張棒《しんばりぼう》はかってなく、戸はパタンと土間へ落ちた。

それでも誰も現れない。

小次郎が油断なく店のなかへ入った。

土間の隅に蠟燭を入れた菰包《こもづつ》みが積まれ、店には売り物の三百目《さんびやくめ》蠟燭、百目蠟燭の大型の蠟燭から、懐中《かいちゆう》蠟燭などの小型のもの、さらには絵蠟燭、塗蠟燭までが整然と木箱のなかに並べられている。赤鰯一味が隠《かく》れ蓑《みの》で営んでいるとはいえ、一応はもっともらしい蠟燭商いの体裁は整えているようだ。

うす暗い店内を見廻していた小次郎が、そこで初めて帳場に人がいるのに気づいた。なぜ気づかなかったかといえば、それはその人物が動かなかったからで、主らしき男がこっちに背を向け、帳付けをしているのである。

小次郎が上がり框から板の間へ上がり、帳場へ近づいて、「おい」と言った。だがその人物は何も答えず、微動だもしない。

面妖な思いがし、小次郎がその男の肩に手をかけた。人とは違う感触を覚え、ぐいっとこっちへ向かせると、それは衣装を着せられた等身大の人形であった。老いた猿のような醜怪な面相をしている。

見え透いた虚仮威《こけおど》しに、小次郎は笑止千万《しようしせんばん》の思いがした。

とたんに男のくぐもったような笑い声が、どこからか聞こえてきた。ざらついた、陰気臭い嫌な声だった。それは二階からで、小次郎はすばやく動いて梯子段《はしごだん》の下に立った。見上げると、その先に不気味な暗黒が広がっている。

一歩、また一歩……。

小次郎が軋《きし》む音をさせながら、用心深く梯子段を上がって行く。そして上がりきったとたんに、ガラガラと大鎖《おおぐさり》の廻転する音が天井裏から響き渡り、梯子段は仕掛けが作動してしまい込まれ、出入口は閉ざされた。梯子を外されたのだから、もはや下りることは叶わない。

しかし小次郎の目に動揺はなく、あくまで冷静にこの事態を眺めている。

二階は三つの部屋に区切られ、家具調度類は何も置いてなく、ガランとしている。人の気配も感じられない。だがそれは誰かが息を殺しているのであって、小次郎はすでにそのことを看破していた。

突如、唐紙を破って手槍の穂先が突き出され、間一髪で小次郎が柄をつかみ取った。それと同時に、二つの黒い影が小次郎の正面から長脇差で襲って来た。小次郎は抜く手も見せずに抜刀し、正面の一人を袈裟斬りにし、もう一人の横胴を斬り払った。すでに手槍は手放され、その一人が背後から小次郎に長脇差で斬りつける。小次郎はその白刃《はくじん》を大刀ではね上げ、鍔流《つばなが》しで男を斬り裂いた。

それらは一瞬の出来事であり、三人が一斉に血に染まって倒れ伏した。その間、男たちは一言も発せず、死する時でさえ無言のままであった。

小次郎が刀の血振りをし、油断なく次の襲撃に備えるが、それはピタッとやみ、それきり静まり返っている。

「………」

長居は無用だった。

ここが人殺し屋の家であることは明確となったが、もはや彼らは二度と戻るまいと思われた。

小次郎が血刀を懐紙で拭《ぬぐ》って鞘《さや》に納め、窓障子《まどしょうじ》を蹴破って屋根瓦《やねがわら》に踏み出そうとした。

その時、後ろから黒いつむじ風が突進して来て小次郎にひしと抱きついた。だがその刺客の口から「ひっ」とか細い悲鳴が漏れ、握りしめられた匕首がポトリと畳に落ちた。

とっさに刀を抜いた小次郎が、自刃を逆手に持って刺客の腹を突き刺したのだ。その刺客はお浜で、間近で小次郎にぎりぎりとした怨念の目を据えている。その顔からみるみる血の気が失せてゆくのがわかった。

「あんた、よくも……」

震える声で、お浜が言った。

小次郎はお浜に憐れみの目を向け、

「これまでよくよく非道を重ねてきたのであろう。いつかどこかで、こういう死に方をするとわかっていたはずだ。今のおまえに希《のぞ》むべくもないが、以《もっ》て瞑《めい》すべしと、手向《たむ》けの言葉をかけてつかわそう。灼熱《しゃくねつ》の地獄へ真《ま》っ逆様《さかさま》に堕《お》ちるがよい。そうしておまえが手に掛けし多くの人々に、心より詫びるのだ。さすればその汚れし魂は救われるやも知れぬ」

「畜生っ」

お浜は歯噛《はが》みし、その場にずるずると崩れ落ち、息絶えた。

その時には、小次郎の姿は暗黒の窓の向こうに音もなく消えていた。

四

もう日が高くなっているのに三郎三は寝床から離れられず、うんうんと唸っては布団を蹴とばして悶《もだ》えていた。

昨夜遅くまで聞き込みに歩き廻り、深川から神田へ帰ろうとしていると、遊里でばったりと顔馴染みに出会った。それはおなじ紺屋町の商家の若旦那で、供がいないところからつき合ってくれと言われ、それで料理茶屋に上がり込んで飲めや唄えをやってしまい、底が抜けるほど飲んでしまったのだ。

その酒がまったく醒めず、つまり二日酔いで、三郎三は七転八倒している。只酒の報《むく》いなのである。

だからそろりと遠慮がちに油障子が開けられても、気づかずに唸り通していた。

「あのう、元親分……」

市松が恐る恐る目だけ覗かせ、三郎三の様子を見て取るや、「またかよ、しょうがねえなあ」と言って舌打ちし、心得顔で入って来て介抱を始めた。三郎三のこうしたていたらくはいつものことで、市松はよく承知しているのである。

盥で絞られた手拭いを額に載せられ、その冷たさに三郎三がはね起き、市松を見てたちまち目を尖らせた。

「や、やい、てめえがどうしてここにいるんだ」

「お知らせしたいことがありまして、恥を忍んでやって参りました」

「うるせえ、何が恥だ、この間抜け野郎は。どの面下げて来やがった。二度とここの敷居は跨《また》がせねえぞ。とっとと失せやがれ」

「でもございましょうが、話だけでも聞いて下さい」

「うるせえ、聞く耳持つかよ。どうせ思い直して詫びを入れに来たんだろうが、世の中そうはいかねえぞ。人に心があるものかねえものか、浮世のつらさを篤と味わうがいいぜ」

「それほど大袈裟なことでもねえと思うんですがねえ」

「いいから行けよ、消えてなくなれ」

「わかりました、それじゃ牙の旦那にこの話を」

のそのそと市松が行きかけると、聞き捨てならないと思った三郎三が着物の裾《すそ》をひっつかんで、

「い、今なんて言った」

「へい、ですから牙の旦那に話を聞いて貰おうかと」

「どんな話だ、つまらねえヨタ話だったら承知しねえぞ」

「実はあたしの知り合いに可愛い娘がいまして」

「くわあっ、そんなくだらねえ話なら聞きたくねえぜ」

「そうですか、ならいいんです」

「待てよ、待て待て、で、その娘っ子がどうしたってんだ」

「その子はですね、久松という料亭で働いてるんですが、そこに鼈甲櫛笄問屋の駒形屋さんが来てたって言うんですよ。それを元親分にお知らせしたくって、こうして恥を忍んで来たわけなんです」

「な、なんだと」

二日酔いも吹っ飛び、三郎三はすっきりと覚醒した。

「しかも駒形屋さんが贔屓にしていた芸者の名もわかったんです。夕顔《ゆうがお》って言うん

だそうです。変わった権兵衛名《ごんべえな》ですよねえ」

深川では芸者のお座敷名のことを、権兵衛名というのだ。

「どこだ、その料亭は」

「三十三間堂町にある一流の店です」

「うぬっ、そこの界隈なら昨日ほっつき歩いてたはずなんだが……」

「ほら、あたしと会ったあの店ですよ」

「そ、そうだったのか」

「それじゃ、ちょっくら牙の旦那の所へ」

また行きかける市松を押さえ込み、三郎三がにっこり笑った。

「元親分なんだろう、おれぁ。まずじっくり話を聞かせて貰おうじゃねえか」

五

「夕顔さあん」

女将のおちかに呼ばれ、控えの間にいた芸者の夕顔がつっと立って廊下を小走り、帳場へ顔を覗かせた。

そこは深川三十三間堂町にある料亭の「久松」だ。

「はい、女将さん」

「ご新規さんがね、おまえさんを名指しで来てくれって言うんだよ」

おちかの言葉に、夕顔は困惑して、

「でもあたし、今日は越後《えちご》屋さんのお座敷が先に決まってるんですよ。だからこうして早めに来て待ってるんじゃありませんか」

「そこをなんとかさ、頼むよ。おまえさんは急病にして、小梅《こうめ》ちゃんに行って貰うから」

おちかに手を合わせられ、夕顔は渋々承諾して、

「どんな人なんですか、ご新規さんて」

「それがさ、目の醒めるようないい男なんだよ」

いい男というだけでなく、これだけ強引に頼むのだから、おちかはその客からたんまり心付けを貰っているものと思われた。

「お偉いお役人様かしら」

「そうじゃないわねえ、どうもご浪人様みたいなんだけど、身装もお刀もご立派だから、あれはどこかのご身分のある御方のおしのびかも知れない」

それで夕顔は、廊下の突き当たりにある松の間へ足早に向かった。

島田髷《しまだまげ》に貝形の笄を一本差し、鼈甲のかんざしの先に紅絹《もみ》の飾りを結んでひらひらさせ、小袖の裾は一寸ぶきで、裾廻りは茶色の中形の無垢《むく》にしている。帯はひっかけに締め、両端を長く垂らした独特の深川風だ。その風情は柳眉細腰《りゅうびさいよう》そのもので、年の頃なら二十の半ばか、夕顔は芸者などやらせておくのは勿体《もったい》ないような、匂やかで艶冶《えんや》とした美形なのである。

松の間の客は小次郎一人で、入って来た夕顔はまず三つ指を突いて挨拶をし、それから顔を上げて小次郎と顔を合わせ、一瞬胸の衝かれるような思いがした。それは小次郎の美男ぶりにときめいたとか、そういうものではなく、彼がどこか遠くからやって来た使者のように感じられたのだ。それがなんの使者なのかは夕顔だけにしかわからないことで、彼女には胸に秘めた人に言えぬある思いがあるのである。

それからややあって酒や料理が運ばれ、二人は酒酌《く》み交《か》わすことになったのだが、なぜかどちらも口が重い。

夜風に嬲《なぶ》られた軒先の風鈴の音だけが、妙に高く響いて聞こえる。

また小次郎は小次郎で、勘の研《と》ぎ澄まされたこの男のことだから、夕顔の秘めた思いが伝わりでもしたのか、その気持ちは沈み込んでしまっている。

「あのう……」

ようやく夕顔が口を切り、小次郎は黙って彼女の顔を見た。

「あたしをお名指しして下すったようですけど、どなたかのご推挙ですか」

「ああ、それか。そんなものはない。しかしどこかでおまえの名を聞いたのであろう。耳に残っていてここへ来て名を出してみた。女将の話によると、大層な売れっ子らしいな」

「いいえ、そんな」

夕顔はキュッと盃を干して、

「野暮かも知れませんが、ご身分をお聞かせ下さいまし」

「困ったな」

「いけませんか」

「身分などないのだよ、つまりは明日をも知れぬ浪々の身でな」

「そうは見えませんけど」

小次郎が苦笑して、

「そう見えずともそうなのだ」

「でもお江戸の匂いが致しません」

「生まれは山城国だ」

「まあ、京の都でございますか。それがどうしてこの江戸に」

小次郎は「さあ」と曖昧《あいまい》に言い、

「おまえは江戸者なのか」

「はい、左様で」

「江戸はどこだ」

夕顔は小次郎の真似をして、「さあ」とやはり曖昧に言い、

「よしましょう、詮索《せんさく》ごっこは」

「そうかな。初めて会ったがおれは限りなくおまえに興味を抱いている。どこで生まれ、どんな育ち方をして、そして……」

「そして、なんですか」

「いかなるつらい目に遭ったのか」

夕顔がころころと笑い、

「どうしてあたしがつらい目に遭ったなんて決めつけるんですか。芸者稼業をやってるからって、みんな不幸な女とは限りませんよ」

「なかにはな、幸福な芸者もいるであろう。しかしおまえはそうではないのだ」

夕顔が鼻白んで、

「おやめ下さいまし。もっと楽しく飲みませんか。ええと、お名前をまだ聞いてませんでした」

「牙小次郎だ」

「まあ、牙様……お強いお名前ですわね」

「おまえの名の由来は何かな。夏の夕暮れにしか咲かぬ花の名をつけるとは、またかくも切ないではないか。芸者にはあるはずのない名であろう」

「人の一生など、所詮《しょせん》は夕顔とおなじではありませんか。この世のすべては泡のようなものなんですよ。それであたし、夕顔って名前にしたんです。本名は夕と申します」

「そうか、お夕か」

小次郎が夕顔をジッと見て、

「人の命のはかなさをどこかで見知ったようだな」

「い、いいえ、そんなつもりは……」

夕顔の顔に狼狽《ようすが》が浮かぶ。

「おまえは何を縁として生きている」

「さあ、何かしら……死んだふた親の思い出でしょうか」

「それがいつも胸にあるのか」

夕顔は小次郎を見てうなずき、

「牙様の縁はなんですか」

話を逸らすようにして聞いた。

するとと小次郎は奇妙な含み笑いをしてそれには答えず、

「夕顔、また逢おうぞ」

「もう行ってしまわれるのですか」

「今宵はな、これで帰る。したがおまえのことは忘れん。その顔、瞼《まぶた》に焼きつけたぞ」

「嬉しゅうございます」

それで小次郎は座敷を出て、夕顔は玄関まで送って出た。

小次郎は別れを惜しむ目になり、暫し夕顔を見つめていたが、何かを吹っきるようにして背を向けた。

暗がりに去って行くその後ろ姿を、夕顔はいつまでも見送っていた。

(あたしだって、瞼に焼きつきましたよ、牙様……)

胸の内でひとりごちた。

六

翌朝、石田の家の離れに小次郎、田ノ内、三郎三が集まっていた。

まずは田ノ内が、長崎屋で小次郎が斬り捨てたお浜と男三人の素性を明かして、

「お浜と申す女はやはりとんだ莫連《ばくれん》でござったぞ、牙殿。その昔は亭主を包丁で刺して重傷を負わせ、牢屋敷に三年も入っておった。それで出てくれば今度は騙《かた》りを働き、人足寄場《にんそくよせば》に二年。その後はお上の追及を逃れて人知れず隠れ住んでいたようで、どこで赤鰯一味とつながってもなんの不思議もない女でござったよ。丈吉に誘われたか、お浜が誘ったか、どの道二人はなるべくして人殺しになったのでござろう」

茶をひと口飲んで、

「三人の男の方はいずれも相州《そうしゅう》、甲州《こうしゅう》、野州《やしゅう》から流れて来た無宿者で、喧嘩や人殺しの科で触れの廻っているお尋ね者たちであった。そういうあぶれ者を刺客に仕立てているとするなら、一味の陣容は計り知れんな」

　小次郎は何も言わずに聞いている。

　三郎三が膝を乗り出して、

「牙の旦那、夕顔ってえ芸者はどうでした」

　小次郎が黙っているので、三郎三は少しまごついて、

「久松で聞きやしたら、駒形屋は三日にあげずに夕顔を呼んでそれはご執心だったとか。けどなぜか夕顔は一向に靡《なび》かず、ねんごろにはならなかったみてえなんで。飲めねえ酒を無理に飲んで、駒形屋が可哀相だったと久松の女将は言っておりやしたよ」

　小次郎は依然として黙《だ》んまりだ。

「旦那、夕顔が海千山千《うみせんやません》の強《したた》か者なら、あっしが番屋にひっぱって叩いたっていいんですぜ」

「やめておけ、夕顔はそういう手合いではない」

　語気強く小次郎が言った。

「へえ、それじゃどんな女なんですかい」

　小次郎は答えない。

「旦那、そこんとこ突っ込まねえと埒《らち》が明かねえじゃねえですか。酒の飲めねえ駒

形屋がなんで大川に落ちて死んだのか。夕顔がなんか知ってるかもしれねえんですぜ」

「三郎三、おれに任せてくれぬか」

「へっ、旦那に？」

三郎三が頓狂《とんきょう》な声で聞き返し、

「そいつぁどういうことなんで」

「夕顔が駒形屋の死に関わりがあるかないか、それはおれが判断する」

「あ、さいで」

田ノ内が間に入って、

「三郎三、牙殿がそう申しておるのだからそれでよかろう」

「へ、へい、わかりやした」

「牙殿、もうひとつ」

田ノ内の言葉に、小次郎が目をやった。

「不審な死を遂げし菱屋、駒形屋、京屋の三件に、共通した人物が出てきたんじゃよ」

小次郎は無言だが、三郎三が意気込んで、

「そんな奴が出てきたんですかい、田ノ内の旦那、いってえどんな野郎なんで」

「菊之助《きくのすけ》という貸本屋じゃ。根気よく聞き込んだ末にようようわかった。この菊之助が期せずして三軒に出入りしておっての、まっ、貸本屋ゆえにどこで商いをしようが不思議はないのだが、そのことが妙にひっかかってのう」

「で、菊之助は見つけたんですかい」

　さらに三郎三が聞く。

「いや、昨夜わかったことゆえ、これより探しに出ようかと」

「だったらあっしもお供を」

「そうか、では参ろう」

　二人が同時に席を立ち、

「それじゃ旦那、夕顔のことはお任せしやすぜ」

　三郎三が言い残し、田ノ内と共に出て行った。

　小次郎は空ろな表情のまま、立って隣室へ行き、誰ケ袖屏風の前に座った。

　そこで屏風絵に見入る。

　だが今日はどうしたわけか、きらびやかな屏風絵の向こうからざわめきや華やぎは聞こえてこず、小次郎とおなじように虚無なのである。あるいはその絵は小次郎の合わせ鏡なのかも知れず、今日の彼が無性に悲しい気持ちでいることが反映してか、静謐《せいひつ》に包まれているように思われた。

小夏が音を立てずに入って来て、小次郎の後ろにひっそりと座った。

「今日はどうですか」

誰ケ袖屏風のことを聞いた。

「女たちはおれの心に呆れているようだ」

「小次郎様のお心に？　それで絵の向こうの人たちに愛想を尽かされたんですか」

「確かにそうされても仕方があるまい」

「あたしが間を取り持ちましょうか」

小夏が少し諧謔《かいぎゃく》のつもりで言った。

小次郎は小夏の方に向き直り、そこで初めて笑顔を見せた。

「それは無理なのだ、小夏」

「どうしてですか」

小次郎ははにかむような笑みのまま、答えない。

「ねっ、小次郎様、なぜなんですよ」

「恥ずかしくてとても言えんよ」

「ンまあ、恥ずかしいだなんて……」

「おれもな、生身なのだな。それがよくわかった」

小夏の視線が泳いだ。

「そ、それって旦那……えっ？　どういうことなんですか」

「よい、何も聞くな」

小次郎は立って刀を取り、いずこへとも告げずに出かけて行った。

小夏は一人取り残されてジッと考え込み、尋常ならざる胸の揺らめきを覚えて、悩み始めた。

「嫌だ、困った、どうしよう……」

七

どうしても夕顔のことが知りたくなり、小次郎の姿は昨夜につづいて深川にあった。

昼の深川はどこか間のびしているようで、苗売《なえう》りののどかな売り声が通って行き、どこかの女郎屋から若い女郎が郷里の唄を口ずさむ声が聞こえ、また蝉やとんぼを追い廻す童《わらべ》の群れが駆け抜けて行くこともあり、そのあとはまた時の止まったような静けさが戻るのである。煮炊きをする醬油《しょうゆ》のよい匂いも漂っている。

夕顔が在籍している子供屋（置屋）に聞きに行けば、すぐに小次郎のことが彼女の耳に入るだろうし、それだけは避けたかった。

どうしたものかと、八幡宮から永代寺門前東仲町《えいたいじもんぜんひがしなかちょう》の辺りをぶらついていると、下っ引きの市松に出くわした。

市松はお仲と楽しそうに小間物屋の店先で髪飾りなどを見ていたのだが、小次郎と顔が合うと驚いてあたふたと飛んで来た。

「牙様、どうしたんですか、こんな所で」

「おまえの方こそどうした、可愛い娘を引き連れて」

小次郎が向こうに突っ立ったお仲を指して、市松に言った。

話題になっていることがわかったらしく、お仲がぺこりと頭を下げ、小次郎に愛想を見せた。

市松がしどろもどろになって、

「あ、あれは料亭久松で女中をやっているお仲さんといいまして、あたしとはなんでもないいんです。本当です、信じて下さい、変なことなんて考えてませんから」

聞きもしないそんな言い訳など、小次郎にとっては興味のないことだから、

「久松だと？　ほう、そうなのか」

昨夜行ったばかりの料亭だから、小次郎がちょっと変な気持ちになり、

「ところで市松、おまえは深川に詳しいか」

「ええ、まあ、大抵のことなら。ここへは近頃よく来ますんで」

「深川事情に詳しい者を知らぬかな。芸者衆のことなどに通じている人間だ」

「ああ、それなら」

と言って市松が教えてくれたのは、ここから目と鼻の所にある入船町《いりふねちょう》のそこの自身番で、もう三十年も町役人をやっている船吉《ふなきち》という老人であった。

小次郎が市松と別れて自身番へ行き、まずみずからを名乗った上で、田ノ内や三郎三の名を出し、力になって貰いたいと言うと、船吉は相好《そうごう》を崩して承知し、座敷の奥にある板の間へ小次郎を案内した。

「牙様と仰せられましたな、どんなことをお知りになりたいんで」

船吉が円満な笑みを絶やさずに言う。

「夕顔という権兵衛名の芸者だ」

「へえへえ、あの夕顔さん」

よく承知しているらしい。

「どんな素性かな」

船吉はちょっと考えて、

「夕顔さんはここ一年ほどになりますかね、ある日ひょいとこの深川へやって来まして、芸者を務《つと》めさせてくれと。あの通りの別嬪《べっぴん》でござんすから、どこの子供屋からも引く手あまたで、結局は山本町《やまもとちょう》の井筒《いづつ》屋さんが手に入れたんですよ。それからあっという間に売れっ子になっちまって、今じゃ深川一じゃないかと言う人もいます。けれど新顔に荒されたんじゃ古株の立場がないんで、最初の頃は姐《あね》さん芸者たちといろいろと揉め事がありました。まっ、それもこれもいつの間にか収まって、今はなんともないんです。それは何かって言いますと、夕顔さんは稼ぎを気前よく姐さん芸者にふるまっちまうからなんです。まあ、気っぷがいいって言いますかなんと言いますか、客でなくとも惚れぼれするような妓《こ》なんですよ」

稼ぎを他人にふるまうということは、芸者稼業で食うつもりはなく、夕顔の目的はほかにあるように小次郎には思えた。

「夕顔は深川へ来る前はどこにいたのかな」

「さあ、それなんですが、昔のことだけは言いたがらないんですよ。夕顔さんにゃきっと人に言えないようなわけでもあるんじゃないかって、みんな陰で噂しております。もっとも水商売の女なんて、大なり小なりわけありなんですがね」

「夕顔に男はいないのか」

「とんでもない、男の噂なんて聞いたことありませんよ。あの人は身持ちがしっかりしていて、お座敷以外、客とは外で会わないようにしてるらしいんです」

そこで船吉は何かを思い出したらしく、ポンと手を打って、

「以前にびっくりしたことがひとつございました」

「何かな」

「お座敷で酔った田舎侍《いなかざむらい》がだんびらを抜いて暴れたことがあるんです。若い芸者の粗相《そそう》が元だったんですが、それを夕顔さんが素手で収めたんでございますよ」

小次郎が強い興味を惹かれ、

「どうやって収めた」

「田舎侍の利き腕をさっと押さえつけましてね、すると何がどうなったのかわからないままに、お侍の手からぽとっと刀が落ちたんです。そのことでお侍もわれに返ったのか、何事もなくその騒動は終わりました。あとでみんなで夕顔さんに手を叩いたものですよ。あたしは思わずあんたや、とうをやっていたのかねと、夕顔さん

に聞いてしまいました」

「そうしたら？」

「はっきり言いませんでしたね、笑っているだけでした。でもあれは心得がなくちゃできない芸当です。きっとどっかで剣術をおやんなすったんでしょう」

「武家の出なのかな、夕顔は」

「いいえ、それは違いますね。あの人はそうじゃありません。れっきとした町場の女ですよ。そいつぁ肌でわかるんです」

船吉がきっぱりと言った。

小次郎の夕顔への謎は、深まるばかりであった。

八

女が七人も集まれば蕎麦屋の二階は貸切のようになり、華やいだ話し声が飛び交い、笑いが弾けた。

月に一度、小夏はこうして幼馴染みたちと会うことになっている。場所も刻限もいつもおなじで、堀留町《ほりどめちょう》二丁目の「如月庵《きさらぎあん》」に昼の九つ（正午）と決まっていた。

それは七人のなかの一人が、この店に嫁《とつ》いで女将をやっているからなのである。皆、気の置けない連中で、子供の頃の遊び仲間であったり、寺子屋で机を並べた仲なのだ。

後家は小夏だけで、あとの六人は亭主もいれば子供もいる。遠くへ行った者もなく、それぞれ日本橋界隈の商家に嫁いでいる。それらは呉服屋、小間物屋、針問屋、木綿問屋、線香問屋等々で、幸いなことに暮らしに困っている女は一人もおらず、皆が裕福なのである。如月庵とて、名代の店になっている。

また亭主の不実な行いや浮気などに悩むような女もおらず、子供たちも健全に育ち、誰も不足は抱えていない。

それで畢竟《ひっきょう》、小夏がいつも話の肴《さかな》にされることになっている。再縁話である。後家になったばかりの頃には、皆が小夏を気の毒がってあれこれ縁談を持ってきたが、小夏がまだ立ち直れずにいることがわかり、暫《しばら》くはその話も途絶えていた。

ところが今日は呉服屋の女房に収まっているのが、久々に良縁を持ち込んできたので、それで一気に盛り上がった。

女たちは昼間から酒が入っているから、意気軒昂《いきけんこう》なのである。それから発展して男の品定めの話になり、小夏などそっちのけで喧々囂々《けんけんごうごう》となったものだ。

しかし今日の小夏は見かけは明るくふるまっているものの、そういう話には乗れないのである。

それはなんといっても、小次郎のことにほかならない。

彼の心を囚《とら》えているのはいったいどんな女なのか、それが気掛かりでならず、気もそぞろなのだ。

あの誰ケ袖屏風を眺めていた時の、空ろな小次郎の姿が目に焼きつき、小夏の胸のざわめきはなかなか収まらない。自分が生身であることがわかったと小次郎は言っていたが、そのひと言だけでも、小夏の心はうち震えたのである。

だからといって、小次郎をなじることのできない小夏なのだ。いかにふだんは気丈で勝気であっても、彼の前に出ると強いことはとても言えず、逆らう気はさらさらなく、ましてや詮索することなど考えもしない。こんなに従順な女だったかと、自分でも不思議なくらいで、戸惑うばかりなのだ。いや、答えはとうに出ているのであって、だがそれは小夏の胸の奥にしまい込んでいる。

そして日々、小次郎の目がこっちへ向くことをひたすら待つのである。

ひとしきり盛り上がって小夏の縁談話が途切れると、今度は遊山《ゆさん》の話になり、暑気払いに来月、堀切《ほりきり》の菖蒲《しょうぶ》を見に行こうということになり、小夏も承諾を求められたので応じた。

そこへ小女がトントンと階段を上がって来て、女将に何やら告げた。

女将は小夏のそばへ来て、意味ありげな目つきをし、

「牙様がお使いを寄こしたわよ」

「えっ」

「どこかで落ち合うの？」

「嘘よ、聞いてないわ、そんなこと。ここにいることだって知らないはずなのに」

「うふっ、まっ、いいんじゃない。今日はもう切り上げて行ってお上げなさいな」

「でも、だって……」

ためらう小夏を急き立て、女将を始め皆が小夏を送り出した。

そんなはずはないのにと思いながらも、小夏も逸《はや》る胸を抑えるようにして皆に別れを告げた。

小次郎の存在は皆が周知のことだから、そのあとは小次郎と小夏の関係についての取り沙汰《ざた》が始まり、より騒がしくなった。

店の表には町駕籠が待っていて、牙様の所へお連れしますんでと、駕籠舁《か》きの一人が丁寧な口調で言った。

それで小夏はなんの疑いも持たず、駕籠舁きたちの顔もろくに見ずに、駕籠に乗り込んだのである。

九

貸本屋の菊之助は、日本橋中橋《なかばし》広小路でようやくつかまえることができた。もうその頃は日が西に傾き始めていた。

田ノ内と三郎三は菊之助のことを調べるため、上野黒門町の貸本屋の元締の所まで足を運び、菊之助の立ち廻り先を聞いてこうしてやって来たのだ。

この当時、一般の人は本を買うという習慣がなく、ほとんどが貸本屋に頼っていた。貸本屋組合十二組には七百人余の貸本屋が属していて、一人の受持ちは八十軒から二百軒近くにも及び、江戸だけでも十万人以上の読者を確保していたという。この国の大衆は、元来が読書好きなのである。

「ちょいと聞きてえことがあるんだがな、手間は取らせねえからつき合ってくれねえか」

三郎三に言われ、菊之助は腰を低くしてそれに応じた。

菊之助はまだ二十前半の若者で、気性も穏やからしく、見たところどこにも不審はなかった。木綿の着物に前垂をかけ、大風呂敷に包んだ本を頭より高く山にして背負っている。

こういう稼業人を見ると、三郎三はいつも頭の下がる思いがするのだ。

広小路の外れにある自身番で、田ノ内、三郎三、菊之助は対座した。

「商いの邪魔をする気はないので、単刀直入に申そう」

田ノ内も菊之助を慮《おもんぱか》って口を切り、

「室町二丁目の地張煙管師菱屋、通塩町鼈甲櫛笄問屋駒形屋、浅草天王町菓子卸京屋、おまえはこの三軒を受け持っておったな」

「はい、左様で」

「その三軒の主が皆、事故で頓死《とんし》したことは知っておるか」

「もちろんでございますよ、三軒ともとむらいに行きましたんで」

田ノ内がジッと菊之助に見入って、

「して、どう思った」

「どうとは、何がでございますか」

「三人の主がほとんど期をおなじくして死に絶えたのだ。尋常ならありえんことであろう。おかしいとは思わなんだか」

「確かに妙だとは思いましたが、わたしの立場でとやかく言う筋合いは。そういうこともあるのかと、ひたすらお悔やみ申し上げる気持ちでおりました」

「わしらはの、その三人の死を疑っておるんじゃよ」

「えっ」

菊之助が表情を引き締め、

「疑っているとは？　あれは事故ではないのでございますか」

田ノ内が渋面を作ってうなずき、

「それを調べておるんじゃが、おまえの方で何か不審は持たなかったか。どんなことでも構わんぞ」

菊之助が思案しながら、

「……そう申されましても、とんと心当たりは」

「ないか」

「はい」

三郎三が膝を詰め、

「おめえさん、貸本屋になるめえは何をやっていたね」

「いいえ、この仕事は十八の時からでして、ほかの稼業に就《つ》いたことはございません」

「性に合ってるんだな」

さらに三郎三だ。

菊之助は微かに頬笑《ほほえ》んで、

「子供の頃から読本《よみほん》が好きだったんで、この仕事に就けてよかったと思っております。ですから行く先々で読本の中身を聞かれても、なんでも答えられるようになりました」

「今はどんな読本が人気なんだ」

「それはもう、馬琴《ばきん》先生のものが一番でございますよ。椿説弓張月《ちんせつゆみはりづき》などは胸を躍らせて読みましたし、八犬伝《はっけんでん》はまだ終わってないんですから」

菊之助を帰したあとも、田ノ内と三郎三は自身番に留まっていた。

「田ノ内の旦那、どうです、菊之助は」

「あれは外してもよいのではないか」

「そうですねえ、あっしも菊之助を疑う気にはなれませんよ」

「三軒に共通していたのは、たまたまであったのじゃな」

「へえ、たぶん」

そうは言ったものの、三郎三はあまりに整然とした菊之助の受け答えに、どこかで腑《ふ》に落ちないような気がしてならなかった。うがち過ぎかも知れないが、ふつう、役人に声をかけられると少しは動揺するものだが、菊之助にはそれがなく、まるでそういうことを予期していたようにも思えるのだ。

今のところほかに手掛かりがないから、

(もう少しだけ菊之助を調べてみるか)

そういう気持ちになったのである。

十

「どけっ、ええい、どけい」

血相変えて走って来た小次郎が、盛り場に屯《たむろ》する遊び人たちをはねのけ、まっしぐらに突き抜けて行く。それに反撥《はんぱつ》した男たちが小次郎を追いかけて取り囲もうとしたが、その威圧感と切迫した表情を見るや、怖れをなして身を引いた。

小次郎は烈火の形相で、両国広小路から両国橋を東へ渡りきり、東両国へ入ってさらに突き進んで行く。

日はもうとっぷりと暮れ、並び建つ見世物小屋の灯も消え、辺りは無月の宵ゆえに漆黒《しっこく》の闇が支配している。

やがて回向院の隣りの、大徳院《だいとくいん》という寺の大屋根が見えてきた。

小次郎が表情を引き締め、疾走の速度を弛《ゆる》め、刀の鯉口を切って寺へ近づいて行く。

夕方になって石田の家の離れへ帰り着くなり、どこからか矢文が飛来して床に突き立った。曲者《くせもの》は姿を見せず、小次郎が急ぎ文を開くと、小夏を預かったということが書いてあり、大徳院へ参られたしと認めてあった。考えめぐらせるまでもなく、赤鰯一味の誘い文である。恐らく先夜の長崎屋の仕返しと、小次郎にこれ以上の追及をさせないための封じ手と思われた。

小次郎にしてみれば、

（雉子《きじ》も鳴かずば打たれまい）

なのだが、罪のない小夏を巻き込んだことが彼の怒りに火をつけた。まさに怒髪《どはつ》天《てん》を衝く勢いなのである。

山門を抜けると境内が広がっていて、その闇は底知れず、冥界《めいかい》にでも迷い込んだように錯覚させた。

生ぬるい夜風が、小次郎に向かって荒々しく吹きつけてくる。

四方の立木の陰から五人の男が姿を現し、長脇差を抜いて小次郎を取り囲んだ。

いずれも黒小袖に身を包み、みなぎる殺意を充満させている。赤鰯一味の人殺し屋たちだ。

そして男たちの後方から、蟹蔵、千助の親子が現れた。この二人が首魁で、一味を束ねているのだ。

「牙小次郎、おめえさんなんだっておれたちにちょっかいを出すんだ。そんなことしたって一文の得にもなりゃしねえだろう。目障りな野郎だぜ、まったく」

ほざく蟹蔵の猪《いのしし》のような顔を、小次郎は睨み据えて、

「小夏はどこだ」

「まだ手に掛けちゃいねえから安心しな。おめえさんの出方しでえで女の命運も決まるんだ。どうだ、おれたちから手を引かねえか。きれいさっぱり忘れるんだよ。そうすりゃこっちだって無益な殺生はしたくねえやな」

「今さら遅いな」

「なんだと」

「おまえたちはこれまでどれだけ無益な殺生をしてきたのだ。人の命を金でやり取りするなど、断じて許されることではない。愚かしいにもほどがある。鬼畜外道《きちくげどう》にも劣ろうぞ」

「かあっ、聞き分けのねえくそガキだぜ、この大馬鹿野郎は」

蟹蔵が抜刀し、千助も抜き合わせて、

「お父っつぁん、怨み骨髄だよ、このサンピンにゃ。ぶち殺して切り刻んでやろうじゃないか」

かまきりのような顔で吠え立てた。

「おうさ、首を刎《は》ねて両国橋に晒《さら》してやるんだ。それっ、叩っ斬れ」

蟹蔵の下知《げち》の下、五人が兇暴に殺到して来た。

小次郎の刀が電撃の如く閃いた。

先頭の男を情け無用に袈裟斬りにし、さらに別の男を当て抜き胴から足を斬り払い、三人目は真っ向から突いて喉を抉《えぐ》った。残る二人は肩先深く斬り裂き、最後の男は一閃《いっせん》して横胴を払った。

それは束の間の出来事で、五人は洪水のように大量の血汐《ちしお》を噴出させ、阿鼻叫《あびきょう》喚《かん》のなかで次々に倒れ伏し、絶命した。

さらに小次郎が血刀を握ったまま、一直線に突進した。

蟹蔵と千助の親子は恐慌をきたし、悲鳴を上げ立て、それはむしろ泣き声に近く、みっともない姿で逃げ惑った。

小次郎が踏み込み、容赦せずに千助の片腕を斬り落とした。

「うがあっ」

千助が血まみれになりながら、遠くへ飛んだおのれの片腕を必死で拾いに走るが、途中で息を切らせて倒れ込み、激痛に叫んで転げ廻った。腕の付け根から堰《せき》を切ったように鮮血が溢れ出る。

小次郎はすかさず蟹蔵に立ち向かったが、蟹蔵は伜の腕を斬り落とされた光景を見ていて、たちまち戦意を喪失させ、へなへなとその場にしゃがみ込んだ。

「どこだ、小夏は」

冷厳な小次郎の声だ。

蟹蔵はものも言えず、震える指先で一方にあるお堂を指し示した。

「眠っていろ」

小次郎の言葉に殺されるものと誤解し、蟹蔵は懸命に命乞いする。

だが小次郎は逃亡を防ぐため、蟹蔵を峰打ちで打倒しておき、急ぎお堂へ向かった。

　そして扉を蹴破ると、そこに不安の海に沈んでいた小夏がいて、小次郎を見てパッと目を輝かせた。

「小次郎様っ」

「大事ないか、小夏」

「はい、はい、大丈夫です」

　小次郎が屈んで小夏の後ろ手の縛《いまし》めを解いてやり、自由になった小夏が立ちかけたところで、ふらっとよろめいて小次郎の方へ倒れ込んだ。

　小次郎はそれを確と支え、そのまま腕を伸ばして小夏を抱きしめてやり、そして耳許で囁いたのである。

「すまなかった」

「いいえ、そんな……」

　小夏はたちまち顔が上気して赤くなり、内心で烈しくうろたえた。胸の鼓動が高まり、自分でもどうしてよいかわからなくなってきた。小次郎の心を囚えている女のことなど頭から吹っ飛び、この世に小次郎と二人だけになったような気持ちになった。

それは歓喜の極致なのだが、小夏はどんな時でも決して慎みというものを忘れるような女ではなかった。小次郎に抱かれるまま、みずからはそれに乗じて縋りつくようなことはせず、彼の胸で少しだけ甘えるような仕草をして、

「あたし、きっと来て下さると信じておりました」

「そうか、よかった」

間近で二人の視線が絡み合った。

小次郎が安堵の笑みを浮かべ、小夏も頬笑んだ。

十一

蟹蔵は日本橋南茅場町《みなみかやばちよう》の大番屋の仮牢へぶち込まれ、連日連夜、番屋内の詮議部屋へ呼び出されては厳しい調べを受ける身となった。

すでに腹を括《くく》ったのか、蟹蔵は詮議にはすみやかに応じているという。

小次郎に片腕を斬り落とされた蟹蔵の伜の千助は、出血が烈しくて一時はその命が危ぶまれもしたが、若き肉体がゆえにそれもどうにか持ち直し、その後は浅草溜《だまり》で療治を受けている。浅草溜というのは、今でいう医療刑務所のことだ。

むろん千助には四六時中見張りがついているが、片腕を失ってからというもの、千助は腑抜《ふぬ》けたようになってしまい、時折あらぬことを口走っては泣いたり笑ったりするから、役人たちの間では正気を失ったのではないかと囁かれている。多くの人の命を奪った末のそれなら天罰のようなものなので、役人たちに誰一人として同情する者はいなかった。

蟹蔵の告白は洗い浚いで、まず人殺しを頼んだ者、殺す相手、そして怨みの事情と、詮議は多岐に亘《わた》り、煩雑《はんざつ》を極めたから、とても田ノ内一人の手には負えず、定廻りの何人かが助っ人として送り込まれた。裏を取るために市中にとび出したのは、またさらに他組の同心たちで、ゆえに奉行所挙げての大掛かりな詮議となったものだ。

臨時廻り同心の後藤平内を手なずけ、大枚の金で手先として使っていたが、敵の手に落ちたので手下に口封じをさせたことも、蟹蔵は包み隠さず明かした。

だがここに不思議なことは、

「室町二丁目地張煙管師菱屋宗三郎。通塩町鼈甲櫛笄問屋駒形屋杢助。浅草天王町菓子卸京屋美濃吉」

この三件の殺しだけは、蟹蔵は知らないと言い張るのである。

(赤鰯一味の仕業でないとするなら、いったい誰が)

なのであり、田ノ内は面妖な思いで首をかしげた。

しかしそれまでの殺しをすんなり白状してきた蟹蔵が、この三件だけは違うと言い張るのも解せないし、しらを切ったとて今さら罪の重さに変わりはないのである。

それを田ノ内から知らされた小次郎は、

「違うですと?」

田ノ内に問い返し、やはり面妖な面持ちになった。

それで小次郎は大番屋まで出かけて行くことになり、詮議部屋で蟹蔵と対面する仕儀と相なった。

そうなるには田ノ内が根廻しをし、他の同心たちには「わしの知恵袋なのだ」と言って小次郎のことを引き合わせた。同心たちは納得できないようだったが、古参同心の田ノ内に逆らう者は一人もおらず、小次郎に対してお手並拝見という顔で引き下がった。

小次郎と対面すると、蟹蔵はあの夜の殺戮《さつりく》の恐怖がよみがえったのか、腹の底から震えがきたようで、平伏して恭順の意を表した。

「お、おめえ様が怖ろしゅうてなりやせん」

小次郎が皮肉に笑う。

「数多《あまた》の人を手に掛けておきながら、今さらこのおれが怕《こわ》いと申すか。さても滑稽ではないか」

蟹蔵がさらに平蜘蛛《ひらぐも》のようになる。

「言ってみろ、おれのどこが怕い」

「おめえ様は人じゃござんせん」

「何、人にあらずとな？」

「天から使わされたお使者のようでござんすよ。後光が差しておられやした」

小次郎が失笑して、

「このおれがそんなくだらんおだてに乗ると思うか」

蟹蔵は真剣な目を小次郎に向けて、

「いえ、嘘偽りじゃござんせん。あっしも長えこと世間の裏表を見てめえりやしたが、おめえ様みてえなお人に会ったのは初めてでござんす。とても近寄り難え天子様のような感じが致しやした」

小次郎は鼻で嗤《わら》って、

「して、蟹蔵」

「へい」

「菱屋、駒形屋、京屋の三件の殺しだけは、知らぬ存ぜぬと言い張っているようだが、相違ないか」

「へい、仰せの通りで。まったく身に覚えがござんせん。やってもいねえ殺しをやりましたとは言えねえんですよ。人の罪科《つみとが》をどうして被らなくちゃいけねえんですかい。その三件を惚けたところで、罪が消えるわけじゃねえんです。ですからどうか、あっしの言い分をお信じンなって下せえやし」

蟹蔵の言うことは理に適っており、苦し紛《まぎ》れの言い逃れとはとても思えず、小次郎はそれ以上反論する言葉を失ったのである。

第四章　夜盗虫《よとうむし》

一

日本橋の西南に位置する南伝馬町《みなみでんまちょう》は一丁目から三丁目まであり、中橋広小路からつづいていて、その先は京橋となる。それらを合わせると地積は九千坪以上となる。

繁華な商業地だから人通りが絶えることはなく、毎日が祭りの人出のようだと土地の人は言っている。

様々な商家が軒を連ね、看板を見ただけでも、紙問屋、莨問屋、絵具染草問屋、即席御料理、御醤油所《おしょうゆどころ》、朝鮮象牙《ちょうせんぞうげ》、御菓子調達所、御琴三味線所《おことしゃみせんどころ》、小間物諸国問屋、ねりやす煎餅、畳表問屋、打物問屋、瀬戸物問屋、酒問屋、干物卸問屋と、すこぶる賑々しいのである。

そんななかで、南伝馬町二丁目にある遠州屋《えんしゆう》は諸国銘茶屋の看板を出し、その日は老人の一団で賑わっていた。

遠州屋は大店《おおだな》ではなく、中店の部類に入る店で、それでも一番から三番番頭まで置いている。さらに十人ほどの手代が客の応対をしている。若くてきれいな女中たちも客に銘茶をふるまっていて、老人客は喜んでいる。

帳場格子《ちょうばごうし》のなかでは、主の遠州屋友右衛門《ともえもん》が帳場机に陣取っており、帳付けに余念がない。長身で色黒、頬桁《ほおげた》の張った顔つきはいかついが、時折客に見せる笑顔は柔和で、彼はまだ四十を過ぎたばかりの男盛りである。

客の飛ばす冗談に受け答えしながら、笑った友右衛門の目が不意に鋭く尖った。菅笠《すげがさ》を被った旅人らしき男が店の前を通り過ぎて行き、その刹那《せつな》、一瞬刺すような視線を友右衛門に投げつけたのだ。

その男が去って行くのを目で追い、友右衛門は帳場を出て土間へ下り、暖簾をはね上げて表を窺った。

男が斜向《はすむ》かいの甘味処《かんみどころ》の店へ入って行くのを見届け、友右衛門は身をひるがえして奥へ向かった。

奥の一室には一人の食客《しょっかく》がいた。

それは浪人で、実は剣客なのだがとてもそうは見えず、痩せて薄べったい貧相な肉体を持ち、草鞋のような長い顔には細い目、低い鼻、薄い唇がついている。そして目尻には笑い皺が刻まれている。歳は友右衛門と同世代だが、浪人の方がはるかに老けていて、存在感も希薄だ。あるいはその存在感のなさが、強烈な存在感なのかも知れない。浪人の名を袋田右女蔵《ふくろだうめぞう》という。

「袋田さん」

友右衛門が袋田にすり寄り、その耳許で何事かを仔細《しさい》らしく囁いた。

友右衛門は深刻な様子だが、聞いている袋田の方は今にもへらへらと笑いだしそうで、なんとも不釣合で奇妙な二人なのである。

やがて袋田が友右衛門の頼みを承諾し、朱鞘《しゅざや》の大刀ひとふりを腰に落とし、音もなく内玄関の方へ向かった。この男は歩く時、なぜかいつも忍びやかなのだ。

うす暗い廊下で女中二人とすれ違う時も、袋田は愛想よくにこにこと笑って、それが作り笑いとはとても思えず、女中たちも馴染んでいるようである。

いかに食客とはいえ、彼はすっかりこの商家に溶け込み、生活している様子が窺えた。

き込んでいる。

二

男は菅笠を被ったままで甘味処の床几にかけ、汁粉《しるこ》を食べながら亭主に何やら聞き込んでいる。

一文字笠《いちもんじがさ》を被った袋田がそれを連子窓の外からそっと窺い、店には入ろうとはせず、そこから細い目をさらに細くして菅笠の男の様子を凝視している。店内には女客が多く、おのれは甘味処などにはそぐわないだろうと、わかっているようだ。

この時の袋田の表情は、最前遠州屋の女中たちに見せた笑顔とは別人のもので、まさに冷酷な蛇《へび》そのものである。

やがて菅笠が勘定を払って店から出て来ると、その時には袋田はいずこへか姿を消していた。

菅笠は今度は莨問屋へ入り、売り物の煙管を見せて貰いながら、番頭にまた聞き込みを始めた。

するとその横にすうっと袋田が立ち、応対に出た手代に刻み莨の国分《こくぶ》を数匁《もんめ》だけ註文した。

菅笠が番頭に囁くようにして聞いている。

「十年前からここで商いを始めたんだな、遠州屋さんは」

番頭は「左様でございます」と答え、

「友右衛門さんは人づき合いもよくって、なかなかよくできた御方でございますよ」

番頭はそう言うが、おなじ町内の商人を悪く言うはずはない。

「主の友右衛門さんは、お店《たな》を始める前はどこで何をやっていたのか、聞いたことはねえかい」

番頭は首をかしげている。

それからさらに菅笠は、友右衛門の家族や店の規模などを尋ねている。

それを背で聞きながら、袋田は小袋に入れられた国分煙草を手代から受け取り、代金を払って外へ出た。

菅笠は莨問屋を出ると、南伝馬町二丁目まで歩き、人けのない稲荷《いなり》社《しゃ》のなかにある茶店に立ち寄った。

そこで腰の曲がった茶店の老婆に甘酒を頼んでおき、ふところから帳面と矢立《やたて》を取り出し、聞き込んできたことを忘れずに書き留め始めた。

それでも菅笠は取らずにいるが、笠の下の男の顔はまだ若く、どこか田舎臭くはあるものの、実直そうな人柄に見えた。

「遠州屋友右衛門か……もっともらしい名めえをつけやがって」

ひとりごちた男の顔が、不意に不可思議なものに変わった。恐る恐る自分の腹の辺りに目を落とす。ぐっしょりと出血が広がっていて、そこで初めて激痛が稲妻《いなずま》のように走った。

背中合わせの葦簾《よしず》越しに、床几に座った袋田が静かに刀で刺したのだ。

「な、なっ……」

菅笠の顔面が蒼白となり、手にしたままの帳面がたちまち血に染まった。

袋田がすばやく血刀を拭って鞘に納め、立ち上がって菅笠の前へ廻り込むと、その手から帳面を奪って足早に立ち去った。

菅笠は身を震わせ、硬直したまま動けないでいる。

茶店の老婆が盆に載せた甘酒を運んで来たが、血に染まって床几に座っている菅笠の姿を見て、すぐに異変に気づいた。

「あんれ……」

老婆はつぶやくように言ったまま茫然《ぼうぜん》と立ち尽くし、その手から盆が滑り落ちた。

瀬戸物が割れて甘酒がパッと飛び散った。

三

牙小次郎に相対した岡っ引きの三郎三が、ぐっと緊張の顔を寄せて、

「怪しい節はどこにもなかったんですがね、その怪しくねえところがどうにも怪しいと思いやして、貸本屋の菊之助をつけ廻してみたんですよ」

そう言って、幾世餅《いくよもち》をうまそうに口にし、小夏の淹《い》れてくれた茶をがぶりと飲んだ。

そこは纏屋の石田の家の離れで、昼下りに小夏が火消しの頭《かしら》からの貰い物の幾世餅を小次郎に出したところへ、折よく三郎三がやって来たのだ。

幾世餅というのは平たい丸餅を焼き、餡《あん》をつけたもので、ちょっとした高級菓子である。

「それで、つけ廻してどうした」

小次郎の問いに、三郎三が得たりとうなずき、

「菊之助は今ンところ表立って怪しいことは何もしちゃいねえんですが、深川の相《あい》

川町《かわちょう》で女の家を訪ねたんでさ」

「どんな女だ」

「それが旦那、例のあの女だったんですよ。ほら、駒形屋が贔屓にしていた芸者の夕顔です」

「夕顔の家に？」

小次郎の表情が一変した。

それを小夏が敏感に感じ取り、小次郎へ視線を走らせる。

「へえ。といっても、菊之助は貸本屋ですからどんな家に出入りしたっておかしくねえんですが、外から見ておりやしたら、奴は夕顔に招き入れられて家ンなかにへえってったんでさあ。変じゃございせんか。ふつう町家だったら、ましてや女の独り住まいですんで、玄関先までと相場は決まってるんですがねえ」

小次郎は押し黙っている。

「親分、それって、二人はねんごろってことなのかしら」

小夏が口を挟んだ。

「まっ、誰が見てもそう思うだろうけど、けどうもなあ、あの二人を見てるとそういう感じがしねえんだよ」

「それじゃ、どういう感じなの」

さらに小夏だ。

「いや、わからねえ、なんとも言えねえよ」

二個目の幾世餅に手を伸ばして、

「どう思われやす？　旦那」

三郎三が聞いた。

「わからんな、おれにも」

素っ気なく言って、小次郎は茶だけを飲んでいる。

そこへ渡り廊下から市松がやって来た。

「親分、ちょいとお出ましを」

そう言う市松は、いつもの下っ引き姿に戻っている。

三郎三が面食らい、幾世餅を口のなかへねじ込み、

「お、おめえ、なんだよ、どうしたってえんだ」

「南伝馬町で事件が起こりました、すぐに来て下さい」

「そうじゃねえだろう、おめえは下っ引きをやめたはずじゃねえか。このおいらと縁切りしたんだぞ」

「そのことはもういいんです」

「よかねえよ」

「いいえ、あたしを怖がらせた張本人は退治されたんですから。だからこうして元へ戻ったんですよ。寂しかったですか」

「うるせえ、馬鹿野郎。勝手なことばかりぬかしやがって。そんなんで世間が通ると思ってるのか」

「思ってます」

「かあっ、どうしようもねえな、この野郎はよ」

小夏が取り持って、

「親分、まあいいじゃありませんか。市松っつぁんが折角《せっかく》こうして戻って来たんだから。元の鞘に納めて上げて下さいな」

「そうです、そうしなさい」

市松が偉そうに言う。

「おい、女将がなんだってこんな奴の肩持つんだ」

つっかかる三郎三を小夏は無視して、

「市松っつぁん、どんな事件が起こったの」

「人が殺されたんです、だから親分に急いで来て貰わねえと。田ノ内の旦那もお待ちかねです」

「人殺しだと？」

「そうです」

「それを早く言わねえか、この馬鹿が」

小次郎に断りを入れ、三郎三が市松を伴って出て行った。

小夏が小次郎に茶を淹れながら、

「旦那、どんな人なんですか、夕顔さんて芸者さん」

小次郎は黙っている。

「言いたくないんですか？　あら、そうですか」

「……」

「どうやらそうみたいですね。はあ、まっ、それも仕方ないですね。いいんですよ、それならそれでも。あたしの知らない人のこと聞いたってしょうがないですものねえ」

小次郎があくまで黙んまりなので、小夏は席を立って戸口へ向かい、そこで障子に寄りかかって小次郎を見やり、

「旦那、この間のこと、本当に感謝してるんですよ。お助け頂いて、有難うございました」

「気にするな」

それだけ言い、小次郎はごろりと横になった。

それを見て、小夏は立ち去った。

だが一刻（二時間）ほど後、今度は田ノ内伊織が小次郎を訪ねて来た。

「牙殿、ご出馬願いたい」

小次郎がむっくり身を起こし、問いかけの目を向けた。

「これをご覧じろ」

そう言って、田ノ内がふところから菓子包みを取り出し、開いて見せた。そこには幾つかの押し潰された茶巾餅《ちゃきんもち》が入っていた。

「南伝馬町で殺された男のふところにこんなものがあっての、これは浅草天王町の京屋のものに相違ないことがわかった。しかも男の荷のなかには十手が隠してあったんじゃよ」

四

菅笠の男の素性は、道中手形その他の所持品からすぐに判明した。

男の名は半次《はんじ》といい、中仙道鴻巣宿《なかせんどうこうのすじゅく》の岡っ引きであった。手形によれば歳は二十五で、江戸には御用旅かと思われるが、書き残したものなどがないからその目的は不明だ。江戸橋広小路にある「松屋《まつ》」という木賃宿《きちんやど》に半月前から逗留《とうりゅう》して、宿の者の話ではほとんど日本橋界隈に出歩いており、宿には寝に帰るだけの毎日だったようだ。江戸には知り合いもないらしく、たった一人で行動していたのだ。そして帰ってくればぐったりして、宿の者とはろくに口も利かずに寝てしまったという。

ところが三日前から半次は俄《にわか》に活気づき、出歩いてばかりは変わりなかったが、目がギラギラして、大きな獲物を見つけた時の猟師のようであったという。よほど嬉しいことがあったらしく、半次は宿の女中に心付けをくれている。またある晩などは酒をしこたま頼み、一人で痛飲していたという。

それが今日になり、南伝馬町二丁目の稲荷社で、半次は突然の死を迎えたのである。それも何者かに背中から腹の辺りへ、深々と刃物で突き刺されている。

稲荷社の茶屋の老婆の証言では、その時葦簾を挟んで、浪人者か誰かがいたように思えたが、記憶がおぼろで定かでないという。老婆の歳を聞くと八十二ということだから、田ノ内はそれは無理もなかろうと思った。

南茅場町の大番屋の石畳で、小次郎は田ノ内立ち合いの下に、半次の遺体の検屍を行った。

小次郎は半次の刺し疵を見ただけで、

「田ノ内殿、茶屋の婆さんはまだ耄碌《もうろく》はしておりませんぞ。これは明らかに刀疵だ。葦簾越しにいたのははっきり武士であったと断定できましょう」

「おお、そうか」

「次に半次が何を調べていたか……」

小次郎が目を中天にさまよわせた。

「それについてはじゃな、見習いの若同心を大勢走らせて、まず浅草天王町の京屋を当たらせた」

「どうでしたか」

「半次が主の美濃吉のことを聞きに来て、事故で死んだと聞いて驚いていたそうな。茶巾餅はその時購《あがな》ったものであろう」

「では菱屋と駒形屋は」

田ノ内が力強くうなずき、

「いずれも半次らしき男が立ち廻っていることが判明しておる」

小次郎が深く考える目になって、

「菱屋、駒形屋、京屋の謎の事故死……われらはそれを殺しと想定し、詮議の末に赤鰯の一味が浮上し、追及したが肩透かしをくわされた。とどのつまりは一味の仕業ではないということがわかった。そこでわれらの詮議も頓挫し、事件は闇の彼方《かなた》へ……そう思われたところへ、この半次殺しです。これが天の啓示でなくてなんとしましょう」

「いかにも、いかにもじゃ、牙殿」

昂った田ノ内が膝を乗り出した。

「つまり三人はやはり事故死などではなく、何者かの手によってそれに見せかけられて殺された」

「うむ」

「しかし半次の探索は終わっていなかった。三人の死を知っても尚かつ、調べ歩いていたのです。つまりそれは、死んだ三人のほかにまだ誰かがいるということではないですかな、田ノ内殿」

「確かにそうなるの」

そこへ三郎三と市松が入って来た。

「どうであった、三郎三」

田ノ内が聞くのへ、三郎三は思わしくない表情で、

「半次ってえ岡っ引きの足取りを辿ってみようとしたんですが、まだ今日一日だけじゃなんとも……南伝馬町の辺りに、きっとなんか手掛かりがあると思うんですがねえ」

「手掛かりはそこに尽きよう。したがそれをやるのは一人でよい」

「へっ、だったらそいつぁ市松にやらせやすよ。いいな、おめえ」

「深川だと一番いいんですけどね」

「なんだと」

「しょうがねえ、やってみますよ」

「なんだ、そのしょうがねえってな。おめえの態度はちっとも改まってねえな。心を入れ替えたんじゃねえのか」

「すっかり入れ替えました。ですからどうか気にしねえで下せえ」

三郎三は市松の頭をポカリとやっておき、

「そうなると旦那、あっしぁどうしたら」

「おまえは鴻巣宿へ行き、半次のことを聞いてくるのだ。それに遺族もおろう。帰りはその遺族を連れて来てやるがよい」

「鴻巣へ行きゃ、半次が何を調べていたかもわかりやすね」

「それが主眼だ」

「わかりやした、この足ですぐに。江戸から十里（約四十キロ）と少々ですから、鴻巣なんざひとっ飛びでさ」

着物の裾をからげ、すっかりやる気をみせながら、三郎三が田ノ内に手を突き出した。

「な、なんじゃな」

田ノ内が戸惑う。

「路銀に決まってるじゃねえですか、可愛い子分が旅に出るんですぜ、田ノ内の旦那」

田ノ内が困った顔で袂《たもと》をまさぐり、

「いや、いやいや、困ったな。只今は手許《てもと》不如意《ふにょい》なのだよ。立て替えておいてくれんか」

「冗談じゃねえ、あっしだって自慢じゃねえがからっ欠なんですよ」

「うむむ……」

するとトン次郎がふところから一両を取り出し、黙って三郎三の手に握らせた。

「おっ、こいつぁ申し訳ねえです。釣り銭はかならず」

「釣りはいらん」

「タハッ、たまんねえな」

「あたしが鴻巣行きましょうか」

一両が欲しくて市松が言った。

「うるせえ、てめえは引っ込んでろ」

三郎三は威勢よく行きかけたが、そこで戸口で見返って、

「旦那、夕顔と菊之助のこと、よろしくお願えしやすぜ」

念押しするように言った。

それに対し、小次郎は何も言わなかった。

五

相川町の家を出る時は日が差していたはずが、福島橋《ふくしまばし》を渡って北川町《きたがわちょう》へ入ると、サーッと白い雨が降ってきた。

「やだ、どうしよ」

夕顔は困った顔でこぼし、引き返すわけにもゆかないから、着物の裾をつまんで足早になり、深川永代寺門前町《もんぜんちょう》の方向をめざした。

当座はどこかで雨宿りをするつもりだったが、雨脚はしだいに強くなってきた。これではお座敷着が台無しになってしまうし、八幡宮の方まではまだ大分ある。思案にくれながらも砂利道《じゃりみち》を急ぐと、近くの寺の山門が見えてきた。

しかしそこで夕顔は、目を開いて立ち止まった。

山門の下で、小次郎が傘を差して立っていたのだ。

「まあ、牙様……」

小次郎は穏やかな笑みをこっちへ向けて、

「濡れるぞ、早く来い」

夕顔が急いで山門に入り、小次郎の横に立った。

「恨めしい雨ですわね」

「仕事か」

「はい。今宵は木場《きば》の材木問屋さんの寄合ですんで、大勢さんを相手にしなくちゃいけないんです」

「それは大変だな」

「いいえ、大したことは」

「休むことはできんか」

夕顔がびっくりした顔になり、

「どういうことですか」

「おれの相手をして貰いたい」

「そんなことできるわけないじゃありませんか。ご無理を言っちゃいけませんよ」

「今宵の働き分は出すぞ」

「いいえ、そういうわけには」

「おまえは金が目当てで芸者をしているわけではなさそうだ」

「えっ」

「人からそう聞いた」

「お金じゃないとしたらなんなんですか。その日暮らしの芸者稼業に変わりはありませんよ」

「そうは見えんな」

「あの、牙様、奥歯に何か挟まっちゃいませんか」

「すまん。ついついおまえのことを詮索したくなるのだ」

「どうしてなんですか、それは」

「おまえが謎めいた女だからだ」

「嫌ですよ、どこに謎なんて」

「迷惑か」

「ええ、少しは」

「では、やめるか」

「はっ？」

「おまえのことを一途《いちず》に考えるのをやめるかと言ったのだ」

「………」

「どうした、おれが口説《くど》いていると思っているのか」

夕顔が戸惑って、

「いいえ、そんなことは……」

「実はそうなのだ、おれはおまえを口説きたいのだよ」

「ンまあ、ぬけぬけと」

夕顔が小次郎の横顔を睨んだ。

「しかしそれはできんな、してはならぬことだ」

「ちょっと、その、仰せの意味がわかりかねるんですけど」

夕顔の表情がしだいに真剣なものに変わってきた。

「おまえの胸には何やら秘めたものがある。違うか」

「……」

「おれはおまえを見ていると不思議でならなくなる」

「どこが不思議なんでしょう」

「さあ」

「はぐらかさないで下さいまし、そこまで言って。そういうのはよくありません」

「ではおれにつき合え」

「牙様」

「もう心は決まっておろう」

「知りません」

「嫌ならいい、おれの思い上がりだったな」

小次郎が夕顔に傘を持たせ、雨のなかを濡れるにまかせて歩きだした。

夕顔がすぐにそのあとを追い、二人は相合傘《あいあいがさ》になって、

「どこへ行きますか」

夕顔が心を決めた声で言った。

「どこにしよう」

「あたしに決めさせて下さい」

「いいよ、どこでも行くよ、おまえの行く所なら」

「うふっ、牙様ったら。まるで駄々っ子のわがまま坊主みたい」

「ふふ、それは言えるな」

小次郎は心から楽しそうなのである。

六

夕顔が連れて行った先は、深川黒江町《くろえちょう》にある地味で目立たぬ小料理屋であった。そこは豆狸《まめだぬき》のような顔の女将が一人でやっていて、根っからのお人好しらしく、陽気なダミ声で応対したが、余計な嘴《くちばし》は入れず、二人を奥の小部屋に通して酒肴《しゅこう》を出すと、あとは差し控えてひっそりとなった。

「この店は芸者になってからか」

「そうですよ、ですからここの女将はあたしの昔は一切知りませんので、あとで聞きに来たって無駄ですよ」

「何もかも見通されているようだな」

「本当にそうするつもりだったんですか」

夕顔が睨むと、小次郎は曖昧な笑みで、

「では人に聞かずと、本人に尋ねてみるか」

「何も喋りませんよ、あたしは」

「知りたいのだ」

「駄目です、事情があって言えません」

「そうか」

「それより牙様のことをお聞かせ下さい。あたしのことを詮索するのはもうよしにしましょう。つまりませんから」

「うむ……」

「さあ、白状なさいまし。お生まれは山城国って聞きましたけど、それ以外の牙様のことは何も知りませんので、まずはご身分から」

「おれの身分か」

「只のご浪人とは言わせませんよ」

「しかしおれがそれを話したら、おまえも素性を明かすか。秘めた事情とやらを聞かせてくれるかな」

夕顔が当惑して、

「そ、それはちょっと……それに秘めた事情なんて言われましても、そんなものはありませんから」

目を伏せて言った。

「それならおれも言わん」

「ンまっ」

夕顔がまた睨み、手酌で酒を飲んで、

「もうやめましょう、おたがいの素性なんてどうでもいいじゃありませんか。折角こうして……」

「こうして、なんだ」

「お知り合いになれて、今宵こうして二人だけになれたんですから。もうそれだけで十分だと思わなくては」

「おれと二人だけになりたかったのか」

「はい」

「おれもだよ、夕顔」

「嬉しい」

「ではおれのことを明かそうか」

「えっ」

「おれの身分だ」

夕顔が慌てて、

「いいえ、それはその……いいんです、いいんですよ。あたし、本当は知りたいと思ってませんので」

「明かしたいのだ、おまえにだけ」

「牙様」

小次郎が身を改めるようにして、

「牙小次郎とは世を忍ぶ仮の名である」

「は、はい」

夕顔は緊張した顔になって、きちんと座り直した。小次郎から余人が持ちえない威厳を感じたのだ。

「麿《まろ》の真《まこと》の名は、正親町高熙《おおぎまちたかひろ》。さらに申すなら秀宮親王《ひでのみやしんのう》である」

小次郎の口から麿の言葉が出た時から、夕顔は怖れおののき、その場に伏して畏《かしこ》まっている。

「麿の父は今上《きんじょう》天皇の外祖父にあたり、母は藤原家《ふじわらけ》出身の女御《にょうご》であった」

夕顔は何も言わず、ただひたすら平伏し、身を硬くして聞いている。

小次郎が夕顔に語った大まかな話は、こうである。

正親町家の御家紋は十六弁八重菊《じゅうろくべんやえぎく》、すなわち菊の御紋章で、菊は権力の象徴とされている。

小次郎は幼い頃から雲上人《うんじょうびと》として過ごし、少年時代は和歌を詠《よ》み、蹴鞠《けまり》に興じ、そのほか乗馬や弓道などに励む日々を送った。また学問所にて、四書五経《ししょごきょう》、老子《ろうし》、荘子《そうし》、孝経《こうきょう》、さらに史記《しき》、漢書《かんじょ》、後漢書、文選《もんぜん》などを学んだ。

そして女官たちに囲まれ、雅な王朝教育を受けて育った小次郎だったが、元服《げんぷく》を迎える頃には世事に目覚めることとなった。禁裏《きんり》を一歩出れば都大路《みやこおおじ》は自由で放埒な世界だったから、年間三百項目にも及ぶ宮廷の年中行事や、小次郎の目からは無意味としか思えぬ通過儀礼の数々などは、まさに跼天蹐地《きょくてんせきち》の思いで、虚妄としか映らなかったのだ。そうしていつか宮廷をとび出し、野に下りたいという野心を胸に秘め、小次郎は鬱勃《うつぼつ》たる思いで青年期を過ごした。

そのはけ口として、小次郎は剣術に没頭した。

果たして小次郎は貴族には珍しく天賦《てんぷ》の才があり、馬庭念流の師はその腕を認め、小次郎に印可《いんか》を与えた。馬庭念流は相手の頭を真っ二つに砕き割る大技が主体だが、それ以外はひたすら敵の攻撃を外す護身が基本だ。しかし小次郎は流儀の形だけにとらわれるのに飽き足りなくなり、それにさらなる創意を加え、他の流派の攻撃法をも取り入れ、独自の剣法を編み出していった。

やがて小次郎に、またとない機会がめぐってきた。それは皮肉にも家庭内の不幸であった。

父と母が長年の不仲により、離別することになったのだ。離別といっても下々のようなわけにはゆかないから、公にはできず、そのことを知らない人も多かった。宮廷行事の時はやむを得ないとしても、ふだんはまったく顔を合わさぬよう、距離を取って殿舎を移したのだ。別居である。それを機に小次郎はこれまでの思いや、貴族社会の不満を父にぶつけ、禁裏から出たいと願い出た。自由闊達《じゆうかったつ》に生きたいと、素直な気持ちを述べた。反対されると思いきや、父は世間に出て行くことをすんなり認めてくれた。自分も若い時期にそう思ったことがあったと、父も正直におのれを吐露《とろ》した。そうしてこれを持って行けと、餞別《せんべつ》に千両をくれたのである。

禁裏を出る前の日に、小次郎は母の許へ行き、父との一部始終を語った。母は女だからすぐに泪を見せたが、気丈なところもある人だったので、小次郎が世に出て行くことに否やは唱えなかった。両親の離別という禍《わざわい》を転じて、福となしたのである。その父と母は、今でも都で健在なのだ。

そうして四年前、小次郎は京の都を後にして東海道を下り、江戸にやって来て、こうして住みついたのである。

小次郎が語り終えても、夕顔はまだ平伏したままだから、

「夕顔、許す。面を上げてくれい」

小次郎が言った。

夕顔は恐る恐る顔を上げ、眩《まぶ》しいように小次郎を見て、

「そのようなやんごとない御方とも露知らずに、これまでの数々のご無礼の段、平にお許し下さいまし」

至極まっとうに恭順の意を表して言った。

小次郎が苦笑して、

「おい、よせよ、夕顔。元に戻ってくれ」

「ご身分を知った上は、そういうわけには参りません」

夕顔が頑なので、小次郎が苛立って、

「こら、しまいには怒るぞ、夕顔」

夕顔は困惑している。

「さあ、今度はおまえの番だ。有体に素性を聞かせろ」

「………」

「約束を破るつもりか」

「約束など、した覚えは」

「ふうん、そうか」

小次郎の声が急に冷たい響きに変わったので、夕顔は慌てたように、

「わ、わかりました、打ち明けます、聞いて下さい」

「うむ」

「あたしは元々芸者などではありません」

「わかっている」

「実家は浅草田原町《たわらまち》で麻綿糸問屋をやっておりました。帯留《おびどめ》や羽織の紐、風呂敷などを扱う店なんです」

「そこの娘だったのか、おまえは」

「はい」

「兄弟は」

「あたしと、下に弟がおります」

「ふた親はどうした」

「すでにこの世には……」

「すまん」

「いいえ」

「今はないのか、その店は」

「……」

「そうであろうな、おまえがこうして芸者稼業をやっているのだ。その辺に何か事情がありそうだが」

「はい、でもそのことは今は口にしたくありません。あたしの実家に何があったか、思い出したくもないんです」

「……」

「お許し下さいまし」

「いいよ、あえて聞くまい。では苦労したのだな、おまえは」

「苦労も何も知らない身に、ある日突然嵐が襲いかかったんです。お察し下さいまし」

小次郎は暫し沈思黙考していたが、

「夕顔、いや、お夕」

「はい」

「おまえは何をやろうとしているのだ」

「……」

「このおれに力になれることはないか」

「とんでもございません、牙様を巻き込むわけにはこれはあたしの手でなさねばならないんです」

「貸本屋に身をやつしている菊之助とは、おまえの弟であろう」

夕顔が虚を衝かれたようになり、まじまじと小次郎を見て、

「調べてるんですか、あたしのことを」

顔色を変えて言った。

「……」

「こうしてさり気なくあたしに近づいて、探ってるんですね。そうなんですね」

「それは違うぞ、お夕」

「どうして牙様がお上の手先みたいなことをしてるんですか。あたしを探るのなんて、およしンなって下さい」

「お夕、違うと申しておろう。よく聞け。おれがお上の手先なら、どうしてうぬが素性など明かすものか。おれとおまえはそうではないのだ」

「信じられませんね」

「弟のことを持ち出したのが気に障ったのなら詫びもしよう。だがお夕、このおれ

にふた心はない。すべてはおまえの身を案じてこそなのだ。わかってくれぬか」

「どうしてあたしの身を案じて下さるんですか、赤の他人様が。あなた様は所詮は浮世から遠く離れた雲上人じゃありませんか。そんな御方に、お情けをかけて貰っても……」

「おれはそうは思うておらん、落ち着け、お夕」

夕顔は烈しくかぶりをふって、

「いいえ、いいえ、弟のことまでご存知だったなんて……あたしは牙様が怖ろしくなってきました。よほど得体の知れない御方なんですね」

怖気をふるって言った。

小次郎は夕顔から目を逸らし、それきり沈黙した。

やがて夕顔が身繕いをして席を立ち、

「そ、それじゃ、これで。もうお逢いすることもないと思いますんで、ご免下さいまし」

かすれたような声で言い、戸口へ行って、そこで小次郎に見返り、

「牙様、いいえ、正親町様……」

小次郎は夕顔を見ないでいる。

夕顔は今にも泣きだしそうな表情になり、一瞬切ない目で小次郎を見るが、それきり口を噤み、何かをふり切るかの如くにして立ち去った。

七

中仙道鴻巣宿は江戸から十二里八丁（約四十八キロ）、京へは百二十三里三十丁（約四百八十六キロ）の距離にあった。

この頃の鴻巣宿の人口は二千三百人余、戸数五百七十軒余、旅籠六十軒余であり、さらにその上に、絶えず往来する旅人や荷駄《にだ》の数も入れると、かなり賑やかな宿場ということになる。

しかし江戸っ子の三郎三の目から見れば、

（田舎臭えなあ）

ということになる。

三郎三は宿場に入るとまずは自身番屋へ立ち寄り、十手と道中手形を宿役人に見せ、その上で半次という岡っ引きのことを尋ねた。それはすぐにわかって、父親は半蔵《はんぞう》という名の人形作りの職人で、宿場の裏通りに家を構えているといわれた。

そこへ向かう三郎三の足取りは、だがしだいに重くなってきた。その父親の半蔵に、ともかく伜の死を伝えなくてはならない。それが三郎三の気を重くしているのだ。

（ああ、つれえなあ……）

なのである。

そこへ行くまでの間、表通りには人形店が軒を連ね、裏通りへ入ってもあちこちの家で人形作りに余念のない職人の姿が見えた。その人形を買いつけに来た問屋筋の旅人らも大勢歩いている。

鴻巣雛《びな》はつとに名高く、ここは人形作りの盛んな宿場なのである。

その由来はかなり古く、貞享《じょうきょう》四年（一六八七）に京都の仏師藤原吉圀《ふじわらよしくに》が関東に下り、この地に定住して天神像を作ったのが嚆矢《こうし》とされている。むろん当時は土偶《どぐう》であったが、安永《あんえい》五年（一七七六）頃に人形の着付けが始まり、今日のような雛人形、武者人形のおおよその原型が出来上がったという。

そして天明《てんめい》、寛政《かんせい》の頃にはこの地に初めて雛市が出現し、全国から人を集めたという記録が残っている。やがてそれは江戸にも波及することとなり、やがて江戸雛を生むに至ったのだ。

半次の実家はそこそこの家で、大きな油障子を開けると広い土間と板敷になっており、そこで半次の父親らしき初老の男と、七、八人の弟子たちが人形作りに励んでいた。

今は雛人形の時節ではないので、職人たちが作っているのは稲荷社に供える様々な狐《きつね》の像で、狐馬、子守狐、鉄砲狐、招き狐、太郎稲荷狐、九郎稲荷狐などが手分けして生産されている。

三郎三が案内を乞い、取次の弟子に親方の半蔵を呼んで貰い、大事な話があって江戸から参りましたと言うと、応対に出て来た半蔵は表情を硬くし、奥の一室に三郎三を招じ入れた。

半蔵に対面すると、三郎三は胸苦しさを覚えながらも、父親に伜の死を告げた。

「半次の野郎が……」

半蔵は唇をわななかせ、みるみる滂沱《ぼうだ》の泪を溢れさせた。そしてひとしきり号泣すると手拭いでゴシゴシと目頭を拭い、

「いってえ、誰が」

三郎三に対し、凄まじい怒りの目を向けて言った。

すぐには返答のできぬ三郎三に、半蔵はまた「誰がやったんだ」と怒鳴りつける

ようにして言い、それから「すまねえ」と詫びた。

三郎三には半蔵の気持ちが手に取るようにわかるから、

「親方、申し訳ねえ。そいつぁ詮議中なんでまだなんとも言えねえんですよ」

声を落として言った。

「目星はついてねえのかい」

「そのために江戸から来たんでさ。半次さんは何を追いかけていたんですかい。そいつをどうしても知りてえんです」

「夜盗虫《よとうむし》だよ」

重い声で、半蔵が言った。

三郎三がまごついて、

「へっ、夜盗虫たあ、いってえなんのこってすね？」

「四人組の盗っ人のド汚ねえ名めえだよ。十年めえに中仙道を荒し廻って、ここでも村名主《むらなぬし》さんを一家皆殺しにしやがった。名主さん所のお嬢さんと半次はその頃恋仲でな、二人ともまだ十五、六だったが末を誓った仲だったのさ。そのお嬢さんも無残に殺された。復讐を誓った半次はおれの家業を継がず、岡っ引きンなってこの十年、夜盗虫を追い廻していたんだ」

夜盗虫とは本来、夜盗蛾《が》の幼虫の頃の名をいい、夜中に這いだしては畑の作物を食害する芋虫《いもむし》のことをいった。一味はそれにひっかけてそういう名をつけたものと思われた。

三郎三は暗然たる気持ちになり、

「……そういうことだったんですかい」

「だからおれぁ岡っ引きンなることに反対だったんだ。そうならねえで人形師ンなってれば、こ、こんなことには……」

くぐもったような声で、半蔵がまた嗚咽を始めた。

三郎三は押し黙るしかなかった。

そしてやがて義憤の顔を上げ、

「たぶん半次さんは一味の片割れの尻尾《しっぽ》をつかみ、それで深追いして命を落としたんじゃねえかと」

半蔵はうなだれて聞いている。

「江戸の木賃宿に残した半次さんの荷物ンなかにゃ、書きつけたものなんざ何もありやせんでした。またご本人も何も持っていなかった。そいつはきっと一味の奴が持ち去ったんじゃねえかと思われるんです。それで親方、こちらになんぞ手掛かりンなるものはござんせんかい」

「手掛かりだと」

「へえ」

半蔵は少しの間考えていたが、

「ちょっと待っててくれ」

そう言って席を外し、やがて一冊の古びた帳面を手に戻って来た。

「あいつの走り書きみてえなものだが、もしかして役に立つかも知れねえ。おれにゃなんのことかわからねえが、篤と読んでくれ」

「へい」

とびつくようにして帳面を取り、それに目を通して読み進めるうち、三郎三の形相がみるみる変わってきた。

八

店は番頭や手代に任せっきりで、その日遠州屋友右衛門は二階に上がりきりになって、食客の袋田右女蔵と向き合って酒を飲んでいた。

尋常な堅気の商人なら、商いをうっちゃって昼間から家で酒を飲むことなどありえないのだが、この友右衛門という男はそれは埒外《らちがい》と考えていて、なんとも思わないのである。

世間をたばかり、銘茶屋をやる以前は堅気ではなかったので、当然その精神は病んでおり、それは今でも治癒しておらず、自堕落《じだらく》のままでいる。身に沁みついた泥はそう簡単には落とせないのである。

しかし十年近くも商いをつづけてこられたということは、いくら彼が自堕落でもなにがしかの才覚はあったわけで、押し出しも立派だし、どこから見ても信頼の置けそうな商人に見え、この先も友右衛門はこうした偽りの人生をつづけていくつもりでいる。

たとえどこかでボロが出そうになっても、今飼っている袋田のような男を使い、旧悪は消し去ることにしている。昔を知る不都合な相手は抹殺《まっさつ》すればよいのである。

それで友右衛門は袋田に命じ、岡っ引きの半次を眠らせたのだ。

袋田は浅草の奥山《おくやま》でやくざ者と悶着《もんちゃく》を起こし、それらを瞬く間に峰打ちで叩き伏せたところを、一部始終を見ていた友右衛門がその腕に惚れ込んだ。そこで声をかけて金をつかませ、そのまま家まで連れて来た。袋田は住居などあってないような野良犬同然の生活者だったから、渡りに舟で遠州屋に住みついたものだ。

友右衛門から見ると、袋田という男はなんとも不可思議な人間で、友右衛門が昔のことなど一切語らないのに、すでに本質を見抜いたらしく、それ以来、あうんの呼吸で面倒を見ている。

袋田は自分の経歴など話したことがないので、彼がどこから来て今まで何をやっていたのか、友右衛門は何も知らず、また今後も知ろうとも思っていない。差し出口をせず、また余計なことは一切喋らず、友右衛門に服従しているからこんな重宝な男はなく、用心棒というより、本当の飼い犬だと思っている。

友右衛門は酒が好きなくせに決して強くはなく、袋田はその反対で飲めば飲むほど冷静になり、顔さえ青褪めてくる。

酒に負けそうになった友右衛門がふらりと立ち上がり、窓から下の人通りを見るとはなしに見ていると、不意にその顔色が変わって思わず唸るような声を漏らした。

「うぬっ……」

「どうした」

「また来やがった」

袋田も立って友右衛門の横に立ち、通りを覗いて、

「どいつだ」

「あの貸本屋だ、ほら、うちを見ないようにしながら覗いているだろう。あたしを探しているんだ」

友右衛門の言葉通りに、貸本屋の菊之助が遠州屋の店の前で休むふりをしながら、さり気なくなかを窺っていた。

「畜生、どこで気づいたんだ……それにしてもあいつ、随分と大人になったものだな」

「旧い知り合いなのか」

「ああ、十年前に一度見たきりだがね、あたしはよく憶えている。向こうもあたしのことが忘れられないんだろう。町のどこかで見つけて、ここまでつけて来たのに違いない。あれはそれを確かめているんだな」

友右衛門が「また来やがった」と言ったのは岡っ引きの半次のことで、要するに彼の過去、旧悪を知る人間がまたうろつき廻り始めた、という意味なのだ。

「不都合な相手なのか」

「困るんだよ、生きていて貰っちゃ。あたしに言わせりゃ、あれは亡霊みたいなものなんだ」

「わかった。わしに任せなさい」

「すまないね、ついこの間人殺しをさせたばかりで。それにしてもこういうことってな、つづくものなのか、袋田さん」

「そういうこともあろうな。悪事は千里を走るのだ」

袋田が冷笑を浮かべながら言う。

「おいおい、待っとくれ。あたしゃ悪事とはひと言も言ってないよ」

「旧悪に決まっておろうが、始末をするということは。しかし構わんのだ。わしはあんたを買っている。類稀《たぐいまれ》な悪党だと思っているからな、頼りにしておるのだ」

「悪党が好きなのかね」

「うむ、大好きだよ」

「ああ、行っちまう。しっかり頼むよ」

袋田が足早に出て行った。

友右衛門は去りかけている菊之助を目で追いながら、

「くそったれが……いい加減にしやがれってんだよ」

口汚く罵《ののし》った。

九

菊之助は遠州屋の店から離れ、大通りを横切って路地へ入って行った。重い荷を下ろしてそこで弁当を使うことにする。

竹で編んだ弁当箱には白い飯が詰め込まれていて、梅干が一個添えてある。長屋で自分でこさえたものだ。竹筒に入れた茶を飲みながら、飯を頬張った。ずっと食欲がなかったのだが、あの男を見つけてからというもの、俄然《がぜん》闘志のようなものが湧いてきて、自分でも気持ちが奮い立っているのがわかった。

名も知らぬあの男は昨日、日本橋の上で草履の鼻緒《はなお》が切れて難儀していた。それを通りすがりの商家内儀風が、お困りでございましょうと言い、鼻緒を挿《す》げ替えてやった。あの男は恐縮しながら内儀の横にしゃがみ、それが習性なのか、周りを一瞬盗み見るようにして鋭い目を走らせた。よくあるなんでもない光景なので、菊之助は通り過ぎようとしていたが、あの男のその目を見て電光に打たれたような衝撃を受けた。それは忘れもしないあの目だった。この十年、探し求めてやまない目なのである。

それからあの男を尾行し、南伝馬町の遠州屋という店へ入って行くのを見届けた。付近で聞き込むと、あの男は友右衛門と名乗っているらしい。どうせ偽りの名に違いない。だがそのことはすぐには姉さんには伝えなかった。もしや人違いということもあるし、暫くは遠州屋を張り込み、様子を見るつもりだった。

弁当を食べ終え、菊之助はひと息ついて考える目になった。

(これでやっと最後の四人目が見つかった)

一抹《いちまつ》の感慨に浸った。しかし大変なのはこれからなのだ。うまくいくかどうかの自信はなかったし、ひとつ間違えば返り討ちにされてしまう。でもやるのだ。やらねばならないと心に決めていた。姉さんと力を合わせ、悲願を成就《じょうじゅ》させたい。今はその首尾を祈ることが精一杯だった。

「あんた、何してるんだ」

男の声が聞こえ、菊之助がわれに返ったようにそっちを見た。

路地の入り口に一文字笠を被った袋田が身を隠すようにしていたのを、通りがかりの男に咎《とが》められたらしい。

袋田は何も言わずにそのまま去った。

袋田のことを咎めたその男が、こっちへ寄って来た。それは下っ引きの市松で、鴻巣宿の岡っ引き半次の足取りを追い、南伝馬町界隈を探索していたのである。

「あんた、今の浪人に見覚えは」

「あ、いいえ、とんとございませんが」

菊之助は胸が騒いだ。しかし彼は友右衛門の所に寄宿している袋田の存在は知らないのである。それより十手を見せびらかしている市松に、少しばかり緊張感を持った。

「気をつけなよ、近頃浪人の辻強盗があるってえから」

「ご親切に、有難う存じます」

「いいってことよ」

市松が親分気取りで言う。

菊之助は急いで荷を背負い、逃げるように立ち去った。

市松は大通りの方へ戻りかけ、そこで一枚の紙切れが落ちているのに気づき、ひょいと拾い上げた。

それは貸本の貸出証書で、本の題と借り主の名が書かれ、末尾に菊之助の名が読み取れた。急いでいた菊之助が落としたものと思われる。

（菊之助ってえのか、今の貸本屋。待てよ、どっかで聞いた名めえだな……）

三郎三の口からその名を聞いているはずなのだが、この時の市松は思い至らず、ほかの思案に耽っている。それは料亭「久松」のお仲のことにほかならない。

十

「き、牙の旦那、こいつを見て下せえ」

旅から帰ったばかりの三郎三が石田の家にあたふたと駆けつけ、鴻巣の半次が書き残した帳面を小次郎に見せた。父親の半蔵に断って借り受けてきたものだ。

小次郎がものも言わずに、早速それに読み入る。

帳面には、夜盗虫一味四人の人相、風体が半次の手によって事細かに書き記されてあった。

それによると、こうである。

「上州《じょうしゅう》無宿伊太八《いたはち》　二十八　丈高く中肉　色白く顔面長　鼻高く目細き方　眉太し」

「甲州無宿与吉《よきち》　三十一　丈低く身細し　色黒く丸顔　鼻低く目大きい方　眉薄し」

「武州無宿縄次郎《なわじろう》　三十　丈高め中肉猫背　顔黄色長し　鼻太く目丸き方　眉濃し」

「信州《しんしゅう》無宿仙五郎《せんごろう》　三十二　丈高く肉厚し　色常にて顔面長　眉鼻尋常にて目大きい方　顎尖《あごとが》りて唇薄し　右の腕に刀疵あり」

「三郎三、これは……」

帳面から目を上げる小次郎に、三郎三が意気込むようにして説明を始めた。

「半次さんはこの十年かけて夜盗虫ってえ四人組の盗っ人を追いかけてたんでさ。半次さんは村名主の娘さんと言い交わした仲だったんですが、一味は名主の一家を皆殺しにしやして、その時娘さんも一緒に……それで半次さんは火達磨みてえに復讐の鬼ンなったんですよ」

「……」

「その帳面に書かれたことは、きっと半次さんが血の滲《にじ》むような思いで調べ上げたんですぜ。それにどれだけの歳月を費やしたか、どんな思いで半次さんがこの十年を生きてきたか。本当にまったく、頭の下がる思いがしやすよ」

小次郎も同感でうなずき、

「して、その四人組は」

「そこなんですよ、旦那。いいですか、まずこの上州無宿伊太八二十八は、今なら三十八ンなりやす。それにこの人相、風体にぴったり当てはまるのは地張煙管師菱屋宗三郎ってことに。宗三郎ってな嘘の名めえで、本当は無宿者で兇状持《きょうじょうも》ちの伊太八だったんでさ」

小次郎が鋭い目を三郎三に投げかけた。

「ここへ来る途中に菱屋へ寄って、主の人相や特徴を聞いてきたんですから間違いありやせん」

「では甲州無宿の与吉というのは」

「鼈甲櫛笄問屋駒形屋杢助です。そして武州無宿縄次郎は、菓子卸の京屋美濃吉でさ。ひとつひとつあっしが確かめてめえりやした。残された家族や店の者は何も知らねえし、罪もねえんで一切明かしちゃおりやせん」

「すると最後の信州無宿仙五郎はどうだ」

三郎三が苦い顔になって、

「そいつだけなんですよ、わからねえのは。つまりほかの三人は死んでおりやすが、仙五郎だけはたぶん生きてるってこってす」

「三人を殺した下手人は、さらにその仙五郎を狙っているというのだな」

「へい、最後の大仕上げのつもりなんでしょう」

「恐らくその仙五郎は南伝馬町のどこかにいるのであろう。菱屋、駒形屋、京屋共々、何食わぬ顔で暮らしているはずだ。四人組は足を洗って堅気の商人に姿を変えたのだ。年数も十年前と、すべてが符合するな」

「仰せの通りで」

「討つ方か、討たれる方か、どちらを探すべきかだな、三郎三」

そこで小次郎はつくづくと深い溜息をついて、

「ああっ……それにしても、なんとしたことだ。怨《うら》みは人を変え、人はその怨みを乗り越えることができず、未来永劫《えいごう》、こうして怨みが晴らされるまで、怨念だけで生きつづけねばならぬとは……」

やるせない思いを吐露した。

「旦那、そいつぁ当然ですぜ。親や兄弟を無慈悲に殺されて怨みっこなしとはとてもいきやせんや。あっしが半次さんの立場だったらやはりおんなじことをするでしょう。何十年かかったってやった奴を追いつづけやすぜ。地の果てまで追い詰めて、ぶち殺してやりまさあ」

三郎三は小次郎の手から半次の帳面を取り戻し、四人目を読み上げて、

「信州無宿仙五郎、三十二、丈高く肉厚し、色常にて顔面長、眉鼻尋常にて目大きい方、顎尖りて唇薄し、右の腕に刀疵あり――こいつをですね、旦那、今から探しに行って来まさあ。かならず見つけだしやすんで」

小次郎の返事など待たず、三郎三がとび出して行った。

それと入れ違いに、ややあって市松がひょっこりとやって来た。

「あれ、牙の旦那、うちの親分は」

「たった今とび出して行ったぞ。何かあったのか」

「いいえ、別に何もないんですがね、旦那は貸本屋の菊之助っての、知ってましたか」

「うん、知っている」

市松が貸本の貸出証書を見せて、

「南伝馬町でたまたま会ったんですよ。これを落としてってたんです。そん時にですね、変な浪人者が菊之助のことを見てたんです。それがどうにも頭にひっかかって、親分にお知らせしておこうかと」

「どんな浪人者だ」

「笠を被ってましたんで、顔はよくわからなかったんです。けどなんだかぞっとするような奴でした」

「ぞっとするとは？」

「つまりその、殺気立った感じってんですかね、ああいうの」

「……」

「あたしにはよくわからねえんですけど、見張られてるんですか、菊之助は」

「……」

「ちょっと、旦那」

「市松」

「へえ」

「よく教えてくれた」

小次郎が刀を取って出て行った。

十一

以前に三郎三から聞かされた貸本屋の菊之助の住居は、深川佐賀町《さがちよう》の観音長屋《かんのんながや》となっていた。

それは夕顔が住む相川町の隣り町で、ひそかに世を忍んで生きる姉弟がゆえ、一緒には住めず、それもむべなるかなと小次郎は思った。

そうして小次郎は、まずは佐賀町をめざした。

菱屋宗三郎こと上州無宿伊太八、駒形屋杢助こと甲州無宿与吉、京屋美濃吉こと武州無宿縄次郎——夕顔と菊之助の姉弟がこの三人の殺しに関わっていると、小次郎は確証は何ひとつないものの、そう確信していた。

ここに真実裁かれねばならぬのは、一人生き残っている信州無宿仙五郎という男なのである。仙五郎が兇賊だっただけに、狙われているとわかった時にどんな手段に打って出るか、そこには計り知れないものがあった。

仮に姉弟が下手人なら、彼らの犯した罪は罪として、小次郎は今は二人を護《まも》ってやりたい強い衝動に駆られていた。

それで市松の言う浪人者のことが気にかかり、菊之助の身に何かあってはとの小次郎の危惧《きぐ》なのである。いや、菊之助だけでなく、夕顔にも当然危害は及ぶであろうし、そのことが小次郎の心を波立たせていた。

神田から日本橋へ入り、一石橋《いちこくばし》から渡し船に乗った。

日本橋川を渡る涼やかな川風が小次郎の頬を撫で、心地よかった。だがその心は姉弟を案じて、不安と焦燥とが渦巻いていた。

やがて日本橋、江戸橋を通り過ぎ、霊岸島新堀《れいがんじましんぼり》で下船した。

小次郎が河岸へ上がって永代橋を渡っていると、前から田ノ内伊織がやって来た。

「おう、牙殿、丁度よかった。これより神田へ行こうとしていたところなんじゃよ」

話があると言い、田ノ内は小次郎を誘って橋詰にある御船手番所《おふなてばんしょ》へ入り、そこの小部屋を借りて小次郎と向き合った。御船手番所はまた違う管轄だが、田ノ内ほどの古参になるとどこでも顔が利くのである。

「牙殿に調べを頼まれた例の件じゃがの」

「わかりましたか」

小次郎が身を乗り出した。

田ノ内が首肯し、ふところから書きつけたものを取り出し、それに目を落としながら、

「浅草田原町の麻綿糸問屋は、三州屋《さんしゅう》と申す大店であったぞ。そこに十年前に押込みがあり、主夫婦と奉公人の二人が殺されておる。この犯科は北の扱いだったがゆえ、聞いて廻るのに骨を折ったわ」

「三州屋に子供は」

「姉と弟がおったんじゃ」

（やはり）

小次郎が目を開いた。姉弟が三商人殺しの下手人であると、この時確信を持った。

「したが二人は幸いなことにその場は難を逃れた。惨劇のあとに役人が駆けつけ、助け出された時には姉弟とも茫然自失としておったそうな。それは無理もないことなんじゃが、二人はその後も役人が何を聞いても答えなかったという。二人はその時十になるかならぬかの身ゆえ、まだ頑是《がんぜ》ない童ならともかく、賊どもについて何も語れぬはずはないんじゃがの」

「店はどうなりましたか」

「主を失えば城は落ちる。店は人手に渡り、姉弟の行方もそれでぷっつりということになっている」

「では親戚筋は」

「三州屋は親類の少ない家での、千住《せんじゅ》に遠い縁者がおったが、姉弟は寄りつかなかったそうな。その後どうなったか、二人の行方はもはや誰にもわからんのだよ」

小次郎は気が急《せ》いていて、田ノ内に経緯を説明するのももどかしく、その場は礼だけ言って御船手番所を出た。

永代橋を深川へ渡って河岸を行くと、佐賀町はすぐで、観音長屋を探しだし、住人に菊之助の家を尋ねた。一軒の家を教えられ、油障子の前に立つも、なかはしんとして気配はなかった。声もかけずに戸を開けると、やはり菊之助の姿はないのである。座敷に貸本が山積みになっているだけだ。まだ生活の匂いは十分に残っていて、待っていれば菊之助は今にも戻って来そうな感がしたが、しかし小次郎はそうは思わなかった。

（もうここへは戻るまい）

直感である。

長屋を立ち去ろうとしていると、住人のかみさんが気になることを小次郎に告げた。半刻（一時間）ほど前に、痩せたうろんげな浪人が長屋を窺っていた。その時すでに菊之助の姿はなかったが、浪人は明らかに彼の家の様子を探っていたと、そう言うのだ。

小次郎の心はさらに波立ち、隣り町の相川町へ急ぎ、夕顔の家を探した。

人に聞き廻るうち、その家は間もなく見つかった。小粋《こいき》なしもたやである。

「ご免」

格子戸を開けたとたん、やはり夕顔もいずこへか行方をくらましたことがわかった。こういう勘は人並以上に鋭い男なのである。

家へ上がると、二間つづきの座敷があり、あとは土間と台所で、どこも整然と片づけられていた。ぬくもりも何もなく、主を失った家はひんやりと感じられた。

「……………」

なす術なく、小次郎は途方にくれた。

姉弟は仙五郎の反撃を察知して姿を消したのか、あるいは小次郎から身を隠したかったのか。いずれにしても、これは弟の菊之助の判断ではなく、姉である夕顔の裁量ではないかと思われた。

(おれを信じてくれんのか、お夕)

小次郎は悲しい思いがしてならなかった。

十二

蔵を開けると、茶のよい香りが袋田右女蔵の鼻腔《びこう》を刺激した。

遠州屋友右衛門は先んじて蔵のなかへ入って行き、山と積まれた茶箱に向かって

自慢げに諸手《もろて》を広げてみせ、

「どうだい、袋田さん。ここには全国の選りすぐりの茶が積まれてあるんだ。駿《すん》州《しゅう》、信州、甲州、それに総州《そうしゅう》、野州まで、ありとあらゆる産地のものが集まっている。大変だったよ、ここまでくるのは」

袋田は蔵のなかで両手を後ろに組んで立ち、薄気味の悪い笑みを混えながら友右衛門の話を聞いている。

「初めはね、一服一銭の辻売りから始めたんだよ」

茶の辻売りは抹茶《まっちゃ》一碗を銭一文で売るもので、室町時代が始まりとされていた。

「それはどうしてかね、その頃は文無しだったのか」

袋田の言葉に、友右衛門がにやりと笑い、

「いいや、しこたま持っていたよ。金なら唸るほどあったんだ」

「では辻売りはたわむれか」

「あたしの心掛けだよ。茶の商いで身を立てようと決心した時、まずは辻売りから始めなくちゃいけないと思ったんだ」

「なるほど」

「あたしのその心掛けは間違っちゃいなかったな。辻売りをやって商いの大変さを知ったよ。その前までは邪《よこしま》な手段で楽に金を手にしていた。だがある時考えたのさ、このまま行ったら地獄に堕ちるしかないとね」

袋田がまたうす笑いで、

「やはりあんたは、わしの思った通りの悪党渡世を送ってきたんだな」

友右衛門は苦々しい顔になって答えない。この男は元より、昔のことに触れられるのを好まないのだ。

「どうなんだ、そうなんだろう」

「ああ、まあね、それまでの心根は確かによくなかったかも知れない。けど茶商になってから考えが変わったんだよ。人間、地道にやるのが一番だとね」

「地道にやっていながら、わしに人殺しをさせるのか」

「生き残るためだよ。旧悪が白日の下に晒されたら困るじゃないか」

「旧悪か……」

そこで袋田は友右衛門にぐいっと顔を近づけると、

「逃げられたぞ、その旧悪に」

「気どられたのか」

「いや、そうではない。貸本屋を見張っていたら十手持ちに怪しまれた」

友右衛門が目の色を変えて、

「なんだと、十手持ちに？」

「大丈夫だ、まだ若い取るに足らん奴であった。それで一旦は姿を消し、十手持ちが去るのを見届けて貸本屋をつけた。しかし深川佐賀町の長屋を突き止めたのまではよかったのだが、ちょっとした行き違いで奴はいなくなってしまったのだ」

友右衛門が険悪な表情になっている。

「まあ、そう尖るな、住処《すみか》をつかんであるのだから案ずることは何もない。今宵のうちに夜討をかけて貸本屋の息の根を止めてやる」

「頼むよ、袋田さん。あんたは一度狙った獲物はかならず仕留める人だ。そのしつこさをあたしは買ってるんだからね」

「日が暮れたらもう一度佐賀町へ行くつもりだ。ゆえにの、今宵は酒の相手はできん」

「いいんだ、今宵は同業の集まりがあるんでそこへ顔を出すことになっている。首尾は明日聞こうじゃないか」

「外出をするのか、敵に気をつけろよ」

「心配することはない、あたしを誰だと思ってるんだ。といっても、あんたはあたしの正体を知らないんだったね」

「そうだよ」

そこで二人は邪悪な笑みを交わし合った。

第五章　紅《べに》の花《はな》

一

永代寺門前仲町《もんぜんなかちょう》は深川でも一流どころとして知られ、格式の高い料亭や料理茶屋が軒を連ねている。

そのなかでもとびきりは料理茶屋の「亀甲樓《きっこうろう》」で、吟味《ぎんみ》された酒料理は当然のこととして、庭から座敷まで贅《ぜい》を凝らし、また容器や道具類にも高価なものを用い、仲居や女中たちの躾《しつけ》も行き届いている。「亀甲樓」からお座敷がかかると一流の折り紙がつくから、芸者衆もこぞって酒宴に侍《はべ》るのだ。

その晩、二階の広座敷を占領したのは江戸の茶商たちで、宵の暮れ六つ（六時）頃から集まりだし、八十人余が羽目を外して飲んで騒ぎ、宴は大いに盛り上がった。

呼ばれた辰巳《たつみ》芸者は三十人で、幇間《ほうかん》は十人だったが、歌舞音曲《かぶおんぎょく》は絶え間なく、酔った何人かの茶商が芸者に合わせて踊るうち、滑って転んで大笑いとなったりした。しかし座はあくまで明るく、ましてや諍《いさか》いなどは起こらず、茶商たちはひとかどの旦那衆が多かったから宴席が決して下品になるようなことはなく、常に節度は守られているのだ。

遠州屋友右衛門は末席にいて、騒ぎを横目で見ながら、ひっそりと目立たぬように飲んでいた。

彼は本来品性の悪い人間だったし、その精神は病んで蝕《むしば》まれているのだから、こういう節度ある席というものが大の苦手で、楽しくもなんともないのである。

それでも茶商仲間から声をかけられた時は喜んで受けたし、また仲間に加えられたことは名誉でもあるので、これで自分もようやく江戸の茶商としての市民権を得られたかのような、そういうくすぐりはあった。

遠州屋は店としてまだまだ発展途上だと友右衛門は思っており、さらに大きく飛躍するためにはこういった茶商仲間の引きも必要なのである。寄合に呼ばれたのはこれが二度目で、最初は上品な連中に囲まれて息苦しいような思いがしたものだったが、今宵はそうでもなく、親しく会釈する同業も何人かいて、少しずつ溶け込んできたような感触を味わってはいた。

（これからなんだ、茶商として生きるにはこういう我慢も必要なんだ）

自分にそう言い聞かせ、酒も少しうまく感じられてきたところへ、裾をひるがえしてひらりとやって来た芸者が、友右衛門の前に座るなり徳利を取って酌をしてくれた。

その芸者を見て、友右衛門の目の奥に一瞬青い魔性の光が走った。だがそれはおくびにも出さず、芸者の夕顔に相好を崩して、

「おや、これはこれは、どこの姐《ねえ》さんかね。お初にお目にかかるね」

「夕顔と申します、どうかよろしく」

「なんとまあ、名前と顔が一緒じゃないか。いいのかな、こんな末席のあたしの相手なんかして」

夕顔がうふっと笑って、

「どうしてですか、このお席にはあたしと旦那さんの二人っきりしかいないんですよ。ほかの方々は畑の大根か南京《なんきん》と思えばいいんです」

畑のところだけ、小声で言った。

「こりゃたまげた、そうきたか。こいつぁなかなかの姐さんだ。よし、二人して大

いにやろうじゃないか」

今度は友右衛門が夕顔に酌をし、それから二人はさしつさされつ酒を酌み交わした。しかし友右衛門はあまり酒が強くないから、ほどほどにしてごまかしている。ましてや夕顔に対して底意があるので、盃はさほど進まない。

そのうち夕顔が友右衛門の横に来て、しなだれかかるようにしてこう囁いたのである。

「旦那さん、あたしをどこかへ連れ出してくれませんか」

友右衛門は驚きを見せて、

「ええっ、そんなことしていいのかい。どこかの誰かに叱られないかな」

「そんな野暮《やぼ》は言いっこなしですよ。女に恥を掻かせるんですか」

「とんでもない、姐さんの顔を立てようじゃないか」

それで騒ぎをよそに二人はそっと座敷を抜け出し、連れ立って行くのは愚かしいから、示し合わせて別々に玄関へ向かい、そこで落ち合った。

そういったことは歓楽の巷《ちまた》ではよくあることだから、二人に気づいた店の者たちは苦笑しながらも見て見ぬふりをしている。

「さあ、どこへ行こうか」

表へ出てそう言う友右衛門に、夕顔は触れなば落ちん風情を見せて、

「あたしについて来て下さいな」

「行く先を言っておくれよ」

「ちょっと先の入船町です。そこに落ち着ける店があるんですよ」

「そこで身の上話でも聞かせるつもりかね」

「いいえ、腕によりをかけて旦那さんを口説くんです」

「それならもっといい所がある」

「えっ」

夕顔の目に少し狼狽が浮かんだ。

「大丈夫、悪い店じゃない。おまえさんもきっと喜ぶよ」

「あの、でも……」

「さあさあ、あたしについて来なさい」

友右衛門が先に立って行くので、夕顔はやむなくしたがいながら、チラッと路地の暗がりに目をやった。

そこに潜んでいた菊之助が、気を揉みながらこっちを見ている。それでも事態の変化がわかったらしく、不安ではあるが夕顔へうなずいてみせた。

そして去って行く夕顔と友右衛門を、菊之助は距離を取ってつけ始めた。

そのふところには持ち馴れぬ匕首が忍ばせてあった。夕顔が友右衛門を入船町の空家へ連れて行き、そこで姉弟で力を合わせて彼を刺し殺す予定でいた。状況が切迫していて、事故死を装って殺すにはもはや時がないような気がしたのだ。

それで姉弟の意見が一致し、一気にあの男を眠らせることにしたのである。

二

友右衛門が夕顔を連れて来たのは、深川黒船橋《くろふねばし》の袂にある小料理屋であった。

友右衛門は勝手知った様子で遠慮なく上がり込み、まずは夕顔を二階の座敷へ上げておき、それから足音立てて階段を下りて来ると、亭主の岩松《いわまつ》というのを呼びつけた。

友右衛門はここでは権威があるらしく、店の者たちは遠慮して引っ込んでいる。

そこで友右衛門は岩松を脅すようにして、

「おい、亭主、あたしから受けた恩義は忘れちゃいまいな」

声を落として言った。

岩松は図体は大きいが小心者らしく、狸《たぬき》によく似た顔をおどおどとさせて、

「へい、よくわかっております。店が潰れそうになった時に旦那にお情けをかけて頂き、なんとか持ち直したんです。でもあれはもう五年も前のことで、おあしの方もお返し致しましたが」

「だからなんだね、もう過ぎたことだとでも言いたいのかい」

「いいえ、滅相《めっそう》もございません。旦那に足を向けて寝たことはただの一度もございませんので」

「だったら今日こそ、その恩返しをしておくれよ」

「へい、なんなりと」

「実はね、今連れて来た芸者をなんとかしたいんだ」

岩松がにっと下卑《げび》た笑みになって、

「結構ですねえ、あれはすこぶるつきの別嬪ですよ。旦那のお気持ちは痛いほどわかります」

「半刻（一時間）ほどしたら駕籠を廻しておくれ。駕籠舁きに酒手《さかて》は弾むと言うんだ。あたしの家へ連れて行きたいのさ」

「へっ、お店へ？　そいつぁちょっとばかりまずいんじゃございやせんか。二階で

やっちまったらどうですか。あたしら見猿《みざる》聞《き》か猿《ざる》ンなっておりやすよ」

友右衛門は目を暗くして、

「おまえは言われた通りにやってりゃいいんだ。迷惑をかけるつもりはないからね。安心おし」

「い、いえ、迷惑だなんて。へえ、よっくわかりました。仰せの通りに」

「それでいい」

そこで友右衛門は分厚い財布を取り出し、小判をまさぐっていたが、三枚を数えて岩松の手に握らせた。

「うへえっ、こんなに」

岩松が目を丸くする。

「もうひとつ頼みがある」

「へえ」

「これをあの芸者に呑ませてくれないか。酒に混ぜれば消えちまうから、あとには何も残らない。味もないんで本人は何も気づかないのさ」

友右衛門が薬包みのようなものを袂から出し、岩松に差し出した。

「毒じゃねえんですね」

「馬鹿だな、あんなきれいな姐さんに毒を呑ませてどうするんだ。あたしがね、ひそかに楽しむんじゃないか」

三

深川佐賀町の観音長屋に、袋田右女蔵の黒い影がにじり寄るようにして近づいて来た。

菊之助の家には、ぼうっとした仄明《ほの》りがついている。

長屋のあらかたの家々は灯が消え、辺りは静まり返っていた。

袋田がひそかに北叟笑《ほくそえ》み、刀の鯉口を切った。そしていきなり油障子を開けてなかに踏み込み、そのとたんにあっとなってとび退いた。

上がり框に牙小次郎がかけていたのだ。菊之助を狙って来る刺客を待ち伏せていたのである。

「貴様っ」

小次郎が悠然と立って、家の外へ出て来ると、

「鬼畜に魂を売った外道《げどう》め」

「何奴だ」

「どうせ消え行く命に、名乗ったところでなんとする」

「うぬっ」

袋田が対戦すると見せかけ、やおら身をひるがえして逃走した。

小次郎が猛然と追って行く。

だが袋田は逃げたのではなく、人けのない大川の河岸まで小次郎を誘い込む心算で、そこで向き直り、抜刀して正眼に構えた。

小次郎も抜き合わせ、初めは体中剣に構えていたが、その剣先を徐々に下ろして下段の構えになった。

「ううっ」

袋田の口から唸り声が漏れた。

流儀に拘《かかわ》らず、下段の構えを取るということは上半身が無防備となるから、よほどの必殺技でも持っていない限り、尋常な剣士はその手は使わないものだ。それがわかるから袋田は唸ったのであって、小次郎に圧倒されたわけではなかった。

(できるな、こ奴)

そう思ったがゆえの唸りだった。

すると袋田は逆八双《ぎゃくはっそう》の構えになり、ジリッと小次郎に迫って来た。

小次郎は泰然《たいぜん》として自若《じじゃく》、そこに幽鬼でも立っているような薄気味悪さで身じろぎもしない。

息詰まる対峙《たいじ》となり、暫し無言の時が流れた。

「とうっ」

裂帛《れっぱく》の気合で斬り込んだのは袋田だった。

だがそれより速く小次郎の白刃が閃き、兇暴に闇を斬り裂いた。その剣風は袋田の眼前をかすめ、一瞬彼を怯えさせた。

「くうっ」

切歯の声が袋田の口からこぼれ出た。

その時、永代橋を酔っぱらいの五、六人が騒ぎながらこっちへ向かってやって来た。

小次郎の目が束の間、そっちへ流れた。

その間隙《かんげき》を縫って、袋田が逃げを打った。刀を納めながら、その姿がすばやく闇に消えて行く。

小次郎は追うことをせず、しかし奇妙な胸騒ぎに眉間を寄せ、その場に立ち尽くしていた。

四

顔を青くして踏み込んで来た菊之助に、岩松は驚きの目を向けて居丈高《いたけだか》になった。

「な、なんだ、おめえは。いきなりへえって来やがって。何がどうしたってえんだ」

菊之助は懸命に冷静になろうと努めながらも、それでも胸に大きく広がった不安を隠しきれず、

「少し前にここに旦那風と芸者が来ましたよね。あの二人はどこに行きましたか」

「どこったって、おれぁ何も知らねえな」

「表で見てましたら、二階の灯が消えて静かになったんですよ」

「だったらおめえ、しんねりむっつりやってんじゃねえのか。人の恋路を邪魔しちゃいけねえぜ」

「違う、そんなんじゃないんだ」

菊之助が逆上し、ふところから匕首を抜き放って岩松に突きつけた。その切っ先

が微かに震えている。

岩松が怖れおののいた。

「さあ、本当のことを言って下さい。二人はどこへ行ったんですか」

「てめえ、そいつを引っ込めねえと役人を呼ぶぞ。いってえ何をガタガタ騒いでやがるんだ」

「旦那風は遠州屋の主ですね、姉さんをどうしたんですか。あんまり時がかかるんで屋根に登って二階の窓から覗いたら、二人の姿は消えていたんですよ」

岩松がまごついて、

「姉さんだと？　おめえはあの芸者の弟なのか」

菊之助はちょっと返答に迷うが、

「そうですよ、だからこうして心配しているんです」

「そうか、弟なら無理もねえか。おれの弟もおめえぐれえの歳だ。わかった、だったら教えてやるよ。遠州屋の旦那はこっそり駕籠を呼んで南伝馬町のお店へけえったのさ。おめえの姉さんを連れてな」

菊之助が烈しく動揺して、

「そ、そんなことあるわけが……姉さんがあいつの言う通りになんかなるはずないんだ。本当のことを言って下さい」

「眠らされたんだ、薬でよ。だからぐったりしちまってな、駕籠に乗せられたのも知らねえみてえだったぜ」

「ええっ……」

あまりのことに菊之助は力が抜けるようになってふらっとなり、それでも必死で踏み止まって、

「姉さんが……姉さんが……」

絶望的な声でそうつぶやき、やがてダッととび出して行った。

「あっ、おい、忘れもんだぞ」

菊之助が落として行った匕首を拾い上げ、岩松が表へ出たが、すでにどこにもその姿はなかった。

五

日本橋の南伝馬町二丁目に駆けつけて来た時には、夜更けて四つ半（十一時）の鐘が陰気臭く鳴るところだった。

すでに界隈は寝静まり、猫の子一匹通らない。

菊之助は表戸の閉じられた遠州屋の店の前に立ち、苛立ちでうろついていたが、やがて忍び足で裏手へ廻った。勝手口を探し、そこをなんとかこじ開けようとする。

するとその背後に二つの黒い影が立った。

菊之助が気配にふり向くと、それは三郎三と市松であった。

「おれはおめえを知ってるぜ、貸本屋の菊之助だろ」

三郎三が言うと、市松は驚きつつも、

「菊之助、おめえどうしようってんだ。ここへ忍び込むつもりか。いってえ何考えてるんだよ」

二人の十手持ちに挟まれ、菊之助は何も言えずに押し黙っている。

「おいら、ある事件を調べていてな、ようやくこの遠州屋に辿り着いたんだ。それでもしやなんか動きでもあるんじゃねえかと、そう思ってここへ来てみたらおめえがいるじゃねえか、驚いたぜ」

三郎三が言った。

「あ、あたしのこと、どうして知ってるんですか」

怯えを滲ませた菊之助の声だ。

三郎三が得意げな笑みになり、

「おめえのことだけじゃねえ、こちとら姉さんの夕顔のことだって知ってるんだぜ。おめえにゃ聞きてえことが山ほどある。けどよ、まあ、そいつぁ置いといてだ、なんでここへ来たんだ」

「か、駕籠を見ませんでしたか」

「駕籠だと？」

三郎三が市松と見交わして、

「見たか、おめえ」

「見ましたよ、さっき来る途中で戻りの空駕籠がどっかへけえって行きました。けどそれから大分経ちますよ」

菊之助が愕然となり、身を震わせ、その場にわなわなと座り込んで、

「そ、その駕籠には姉さんが乗せられていたんです」

三郎三が形相を変えて、

「そりゃどういうことなんでえ、夕顔が遠州屋に囚われたってことなのか」

「はい、そうとしか……」

菊之助が顔を膝に埋めたままでうなずく。

「おい、市松、すぐに牙の旦那にお知らせしろ」

三郎三が血相変えて市松に命じた。

「えっ、こんな刻限にですか。旦那はきっともうお休みンなってますよ。悪いですよ」

「そんなこと言ってる時じゃねえ。今から夜道を突っ走るんだ。早く行けよ、このタコ」

三郎三の剣幕に押され、市松が裾をからげて走り去った。

六

遠州屋の蔵のなかで、太い裸《はだか》蠟燭が赤々と燃え、蠟が滴り落ちていた。

その明りに照らしだされているのは、夕顔の白い肌だった。

夕顔は着物の前をはだけられ、半裸に近い姿で横たわっている。その口は手拭いできつく縛られ、二の腕は細紐《ほそひも》で括られて左右の柱につながれ、自由を奪われた姿である。

友右衛門が下帯ひとつの恰好になり、情欲に目を滾《たぎ》らせ、夕顔の前に屈んでいる。

夕顔はそれまでは薬のせいで意識が朦朧《もうろう》としていたが、しだいにそれも醒めてきて、今では自分の身にどんな怖ろしいことが起ころうとしているかがわかってきていた。懸命に身をよじり、縛めを解こうとあがくが、恥ずかしい姿を晒したままでどうにもならない。

匂やかで艶冶としたその美貌は、今では凄味さえ増しており、また鬢のほつれが哀れを誘い、気丈なその目はこの悲運と必死で闘っているように見える。

「おまえはよくよくこのあたしを怨んでいるのだねえ」

夕顔の目が友右衛門を烈しく突き刺している。

「ふた親を手に掛けられたんだからそりゃ無理もないけど、しかし十年もかかってよく追いつづけたもんだ。大変だったろう」

友右衛門がうす笑いで言い、

「敵《かたき》持《も》ちというものはつらいものでね、おまえだけじゃない、その昔に数限りなく殺した奴らの影に、あたしはいつも怯えているんだよ。だからといって、死んだ奴らに拝む気持ちなんてさらさらないがね。この世は強い者と弱い者のふた通りしかないんだ。あたしはこうして勝ち抜いてきた。これからもおまえたちみたいな弱い者の屍《しかばね》を踏んづけてさ、生きて行くつもりだよ」

友右衛門がにじり寄り、夕顔の肌を淫靡《いんび》にまさぐって、

「おまえとはこれで二度目だ。はっきりと憶えているよ。三州屋に押込んだ晩にあたしはおまえのきれいな瓜《うり》を割ったんだ。それがめぐりめぐってまたおまえとこうなるとは……このあたしもあれが最後の仕事だった。あとは知っての通り堅気ンなって、商いに精を出してきた。ハハハ、因果だねえ。どうだい、初めの男は忘れられないだろう。おまえは嫌でも、躰が憶えているんじゃないのかね」

夕顔は悲痛に顔を歪め、嫌悪で死にそうな思いになっている。

「さあ、おまえがどれだけ熟したか、ご馳走になろうかな」

友右衛門が夕顔の躰に身を重ね、ゆっくりと嬲い始めた。

「……ああ、やはりいいね、とってもいい。あの時のままじゃないか。おまえのふた親の死骸がこっちを見ているのを承知で、あたしは嫌がるおまえとこうしたんだったねえ」

友右衛門の躰の動きが烈しくなった。

憤怒や恥辱などからはるか遠ざかり、夕顔は地獄の底に突き落とされ、死人の顔になっている。

やがて情交を終え、友右衛門が夕顔から離れた。そして着物を身につけ、戸口へ

行って扉を開いた。

そこで表を警戒していた袋田右女蔵がこっちへ顔を向け、

「済んだか」

「ああ」

「どうであった」

「言うまでもないよ、上々の女に育っていたね」

「そうか」

「こんな気を昂らせた女はいない。それは昔の生贄《いけにえ》だったから、余計にそう思うんだね」

「どうする、これから」

「殺しちまっておくれ、もう用はない」

「わかった」

二人して夕顔の所へ戻った。

夕顔は本当に死んでいるかのように、ぐったりとして反応がない。

「ここで首を絞めちまおう。死骸は御堀にでも捨てて来るよ。夜が明けるまでにそれを済まさねばいかんな」

「任せるよ」

袋田が夕顔の猿轡《さるぐつわ》を外し、二の腕の縛めも解いた。

その時である。

夕顔が髪から鼈甲のかんざしをすばやく抜き取り、袋田の左目を突き刺したのである。

「ぐわあっ」

片目を押さえて袋田が叫び、その場にうずくまった。

驚愕《きようがく》する友右衛門を尻目に、夕顔は決死で脱走を図った。友右衛門の躰に体当たりをしておき、扉の向こうへとび出し、よろめきながら闇に紛れて消え去った。

「おい、大丈夫か、おい」

友右衛門が泡を食って介抱するが、袋田は顔面を血だらけにして獣のような唸り声を上げ、転げ廻っている。

七

夕顔が遠州屋の裏手からもつれるような足取りで出て来るところへ、小次郎が走って来た。

「お夕」

夕顔はおののきで小次郎を見ると、めくるめくような烈しい動揺で立ち尽くした。これまでの悲惨な出来事が一気に頭のなかを駆けめぐる。今もっとも逢いたくないのが小次郎だった。できることならこのまま姿を消したかった。いや、この世から消え去りたいほどの気持ちだった。

夕顔の顔は真っ白で、だがそれでも着物の乱れに気づき、慌てて取り繕うように身装を整えた。そんな女のたしなみが悲しくさえあった。

「牙様が、どうしてここへ……」

それだけ言うのがやっとだった。

小次郎は無残な顔で、胸塞がれる思いでジッと夕顔の様子を見ていたが、

「そんなことはいい、早くこっちへ来るのだ」

小次郎は夕顔を導き、手を取り、暗がりへ去った。

手を引かれた時、小次郎のそのぬくもりに夕顔は思わず泪がこぼれ出た。獣たちのなかから、ようやく人里に帰り着いたような気がした。

そうして近くの祠《ほこら》のなかへ二人して入り、そこで息をひそめた。

追手の足音は聞こえない。

何があったか、小次郎は聞かなかった。

夕顔もまた、何も言わないでいる。

「おれはな、初めて逢った時、これは今までに見たこともない女だと思うた」

「………」

「そしてこれからのおまえとの関係を大切にしようと考えた。いつかは芸者をやめさせたいともその時思うた。それは本当にそうするつもりでいたのだよ、お夕」

凍りついたような夕顔の表情に揺らめきが見えた。心は千々《ちぢ》に乱れ、慙愧《ざんき》に堪えぬ思いがその胸を引き裂いた。しかし泪は出なかった。起こったことの衝撃が、夕顔の気持ちを頑に封じていた。

「もう、これまでですね」

「どうしてそう思うのだ」

「………」

「なぜだ、お夕」

「牙様とあたし、所詮はおなじ船には乗れないんですよ。あたしのこの手は真っ赤な血で染まっているんです。たとえ刃物で殺さなくとも、三人の盗っ人は騙《だま》くらかした末にあたしがやりました。弟の菊之助は何もしていません」

夕顔は菊之助を庇っている。

「お夕」

夕顔が小次郎を見た。

「どうでもよいのだ、そんなことは。おまえたち姉弟に邪な心はない。それはよくわかっているつもりだ。おまえたちが罰を受けるのならこの世は闇ではないか」

「………」

「そんなことよりお夕、おれとどこかへ行かないか。何もかも忘れて、遠くへ」

「………」

「そんな気になれぬか」

夕顔はいきなり小次郎に抱きつき、その胸に縋ってハラハラと落涙した。

「嬉しゅうございます。牙様のそのお言葉だけで、あたしは女冥利《おんなみょうり》に尽きる思いです。あたしは何も希みません。牙様が、いえ、正親町様のおそばにいられるだけで……」

「お夕」

小次郎も夕顔を抱きしめた。

その時、表で足音がした。

小次郎がキッとなり、夕顔をそこに置いて祠の外へ出た。

だが人影はなく、夜の闇が果てしなく広がっているだけだ。草むらでカサッと音がしたのでそっちを見やると、野良犬が逃げて行った。

小次郎が祠へ戻った。

そこで愕然となった。

夕顔がかんざしで喉を突き、倒れていたのだ。

「お夕っ」

小次郎が駆け寄って抱き起こした。

血に染まり、すでに死相を表した夕顔が微かな頬笑みを見せて、

「お許し下さい、正親町様」

「なぜだ、なぜなのだ、お夕」

「これでいいんです……あたし、獣に汚されましたんで、とてもあなた様の前には……罪深い身でございます」

「よせ、何を言う。さあ、おれにつかまれ。すぐに血止めをせねば」

夕顔はうっすら頬笑んで、

「初めてお逢いした時、あたしは牙様のことを月よりの使者かと思いました」

「月よりの使者とな」

「そうです。あたしの犯した罪科を咎めに、あたしを糺《ただ》すためにつかわされたお使者ではないかと、そう思ったんです」

小次郎は何も言わず、悲痛に顔を歪めている。

夕顔が切れぎれの声ながらもつづける。

「仇討《あだう》ちのために剣術も習いました。すべてはふた親の怨み、それに奉公人たちの……殺された奉公人たちは、あの男があたしを汚そうとするのを必死で止めようとして……それがあの男の怒りを買って……あたしはあの人たちに申し訳ない気持ちをずっと抱きつづけて今日まで……悔しい……悔しくてなりません……」

夕顔が白く細い手を差し伸べ、小次郎が確とそれをつかんだ。初めて逢った時のように夕顔はにっこり笑い、そのまま息を引き取った。

「………」

小次郎は無言できつく唇を嚙みしめ、夕顔を強く掻き抱いた。そのやわらかな躰は、小次郎の力で今にも折れそうだった。

八

　翌日の夕暮れに、鉄砲洲《てっぽうず》の海辺から一艘《いっそう》の小舟が漕《こ》ぎだされた。

　小舟に乗っているのは、小次郎と菰を被せた夕顔の死骸だった。舟を漕いでいるのは菊之助である。

　海上に霧がたちこめ、その先は何も見えずに幽玄であり、厳《おごそ》かな感さえあった。霧に色はなく、暗く沈んで、それは海の葬送にふさわしく、まるで一幅の墨絵を見るようである。

「源氏物語《げんじものがたり》」において、光《ひかる》源氏が葵上《あおいのうえ》をとむらう喪服《もふく》は鈍色であったが、小次郎もそれに倣《なら》ってか、今宵はくすんだ色の小袖を着ていた。それは沈潜した小次郎の怒りの色のようにも見え、げに怖ろしく感じられた。

　小次郎も菊之助ももはや何も言葉はなく、小舟はひたすら静かに、海の彼方へ消えて行った。

九

遠州屋の二階座敷で、袋田右女蔵は唸り声を上げて布団に仰臥《ぎょうが》していた。

治療はしたものの、刺された左目は熱を帯び、激痛といえるほどに頭痛もしていた。どうしておのれだけがこんな目に遭わねばならぬのか、その理不尽さに袋田は腹が立ち、悶えるほどに苦しんでいる。

階段を静かに上がって来る足音がし、それがすぐそばまで来たので、友右衛門かと思って、袋田は両目に当てていた濡れ手拭いを取り外した。刺された片目は化け物のように腫れ上がっている。

だがそこにいたのは小次郎だった。

「なっ、貴様」

慌てて起き上がろうとした袋田を、小次郎は片手で押さえつけ、凄まじい目で睨み据えて、

「恥ずかしくないのか」

「なんだと」

「生きていることを恥と思え」

小次郎が一気に袋田を絞殺した。

友右衛門こと信州無宿仙五郎は、蔵のなかにいた。

夕顔の匂いがまだ残っているようなその場所で、この男は奇妙にも茶を喫していた。

しみじみと昨夜の首尾を思い浮かべるその姿は、余人には計り知れない不気味さがあり、友右衛門の顔にはなぜか迷いが滲んでいた。

夕顔を見つけだしてまたあの躰を抱きたかった。昨夜は殺すつもりでいたが、一夜明けると夕顔が恋しくてならなくなった。そして掻き口説いて自分の女にしたくなったのだ。

（いいじゃないか、そういうのも有りだよ）

都合よくそう考え、にんまりと北叟笑んだその時、扉を開けて小次郎が入って来た。

友右衛門が仰天して立ち上がり、とっさに茶箱の上にあった鳶口《とびくち》をつかみ取った。

「誰でえ、おめえは」

「牙小次郎」

「なに」

「またの名を夜来る鬼、とでも申しておくか。もはや何も言うまい。多くの衆生《しゅじょう》の生き血を啜《すす》り、よくぞかくも長きに亘って生きながらえてきたものよの。みずからつけしその名もまっこと愉快ではないか。夜盗虫だと？　まさにおまえは畑の作物を食い荒らす害虫なのだ。この先生きていてどうする。罪のない人々が泣くだけであろう」

「やい、素浪人、金か、金が欲しいのか。だったらくれてやる。それともおれが召し抱えてやってもいい。弾むぞ、手当ては」

なだめすかすように言いながら、友右衛門がいきなり鳶口で襲いかかった。

抜く手も見せずに小次郎の刀が鞘走《さやばし》り、友右衛門を真《ま》っ向唐竹割《こうからたけわ》りにした。そして血が迸《ほとばし》るより前に、生首が斬り落とされ、天井高く飛んだ。

その生首が土間に転がり落ちる時には、小次郎の姿は静かに闇の彼方に消えていた。

二〇一一年五月　学研M文庫
刊行にあたり、加筆修正いたしました。

光文社文庫

長編時代小説
恋《こい》　小《こ》　袖《そで》　牙《きば》小《こ》次郎《じろう》無《ぶ》頼《らい》剣《けん》（六）　決定版

著　者　　和《わ》　久《く》　田《だ》　正《まさ》　明《あき》

2022年11月20日　初版１刷発行

発行者　鈴　木　広　和
印　刷　堀　内　印　刷
製　本　榎　本　製　本

発行所　株式会社　光　文　社
〒112-8011　東京都文京区音羽1-16-6
電話（03）5395-8149　編　集　部
8116　書籍販売部
8125　業　務　部

落丁本・乱丁本は業務部にご連絡くだされば、お取替えいたします。
ISBN978-4-334-79450-7　Printed in Japan

組版　萩原印刷

光文社文庫最新刊

仇討《あだうち》 決定版 吉原裏同心(16)	佐伯泰英
息吹《いぶ》く魂 父子十手捕物日記	鈴木英治
形見 名残の飯	伊多波 碧《みどり》
恋小袖 決定版 牙小次郎無頼剣(六)	和久田正明
老中成敗 闇御庭番(十)	早見 俊
五戒の櫻 其角忠臣蔵異聞	小杉健治
影武者 日暮左近事件帖	藤井邦夫

KOBUNSHA